춤추는 원고지 3

춤추는 원고지 3

따로 또 같이 공저(共著)

네모난 원고지 칸에 생각과 마음을 담느라 고생한
여름날 땀방울이 좋은 어느 날 또 한 권의 책으로 돌아오기를

좋은땅

문화 선교의 첨병

나종화

　우리 교회에서『춤추는 원고지』제3권을 발간한다는 것은 매우 의미 있는 일이라고 생각합니다. 단순한 책이 아니고 일종의 '문화선교'라는 데 그 의미가 있기 때문입니다.

　'문화선교'란 문화, 즉 음악, 미술, 연극, 출판 등을 통하여 행해지는 선교를 의미하는데 우리 교인들이 글을 쓰고 책을 발간하여 세상에 널리 전파함으로써 선교를 하고 있다는 사실입니다.

　교회는 세상과 동떨어져 존재할 수 없기에 교회는 세상의 변화에 민감하게 반응해야 합니다. 세상에 거하지만 세상에 속하지 않기 위해서는 세상의 문화의 흐름을 지혜롭게 포착해야만 합니다. 이런 측면에서『춤추는 원고지』발간이야말로 진정 최상의 도전이라고 생각합니다.

　열악한 여건과 환경 속에서도 이와 같이 훌륭한 문집을 발간하게 됨은 진정 감사한 일입니다.『춤추는 원고지』제3권에 동참하신 많은 작가님들께 감사와 찬사를 보냅니다. 우리 서부제일교회에 이렇게 훌륭한 작가님들이 많이 있다는 것이 매우 자랑스럽고 가슴 벅찬 일입니다.

　작가님들이 원고를 탈고한 후 느끼는 감정은 이루 말할 수 없는 감사와 기쁨이었을 것입니다. 이런 글을 읽는 독자들은 이 작품들을 보면서 작가의 열정에 동참하면서 같이 즐거워하실 것입니다.

　이렇게 뜻깊고 보람 있는 작가들의 활동이 교회 내에서 사사롭게 동호회 성격으로 있다는 것이 몹시 아쉬운 마음입니다. 마땅히 교회 차원의 관심과 지원으로 문집 발간이 이루어져서 많은 교인들이 참여하고 발전시켜야 된다고 생각합니다.

　이 문집 3권까지 발간될 수 있도록 열심히 노력하고 헌신하여서 십자가 지기를 자청하신 편집부에게 뜨거운 감사와 박수를 보냅니다.

2024년 겨울 나종화 장로

건너가기로 마음먹은 아침에…

편집부

오래전부터 품어 왔던 꿈이 『춤추는 원고지』 창간호로 펼쳐졌을 때는 이루 말할 수 없이 뿌듯했습니다. 함께한 모든 이들이 같은 마음이었습니다. 2호를 준비하며 원고를 부탁하고 출판사에서 책이 올 때까지 얼마나 기다렸는지 소풍 가는 전날 같았습니다. 3호를 준비하는 중에는 뜻하지 않은 여러 어려운 상황에 놓이게 되었습니다. 그러면서 끊이지 않고 이어 간다는 것이 얼마나 많은 귀한지, 얼마나 많은 발품과 땀방울이 있어야 하는지 새삼 알게 되었습니다.

일 년에 한 권씩 책을 엮어 낸다는 것이 보통 일은 아니라고 한 입처럼 말해 주었습니다. 맞습니다. 기획, 준비 과정이 그러하며 원고 부탁과 거두어들이는 일도 쉽지 않습니다. 재정도 그렇고 모든 과정이 벅차고 숨이 찹니다. 무엇보다도 '왜 하냐'고 묻는 이들에게 답을 해야 하는 것이 제일 어렵습니다. 너무 당연한 질문 앞에서 너무 당연한 답을 궁색하게 했던 것 같기도 합니다. 아주 가끔은 자신에게도 답을 내지 못하는 주변 머리 없음으로 난처했습니다. 그럼에도 그 어려운 일을 해낸 기쁨과 자랑스러움이 추억으로 남아 있습니다. 그 어려운 일을 해낸 분들의 얼굴이 떠오릅니다. 참으로 고마운 시간이었습니다.

다시 출발선 앞에 서 있습니다. 일 년에 한 권씩 책을 내기로 했던 처음 약속은 지키지 못했습니다. 2024년 1월에 3호가 나왔어야 했습니다만 현실적 여러 문제들로 그 높지 않은 문턱을 넘지 못했습니다. 고백하건대 한 해를 건너뛴 것이 무너진 궁터 같은 아픈 추억으로 남아 있던 순간이 있었습니다. 그래서 『춤추는 원고지』를 꿈꾸고 꿈을 펼치려 노력했던 '첫 시작'에 대해 약간은 서글퍼졌습니다. 뜨거운 열정만으로는 안 된다는 것을 인정해야 했고, 아주 짧은 순간이지만 우리의 상황과 형편이 몹시 안타깝고 싫기까지 해서 손을 놓아야 하나 고민까지 했습니다.

어느 아침, 다시 원고 부탁을 하고 주보에 광고 글을 올리고자 마음을 다잡았습니다. 그때 일은 그때 고민하고 닥쳐올 일은 닥쳤을 때 팔 걷어붙이고 해 보자는 쪽으로 결론을 낸 직후의 일입니다. 또 한 번 건너가 보려고 합니다. 다사다난, 공사다망, 파란만장, 희로애락, 인간의 삶을 이야기하는 사자성어들입니다. 그리고 『춤추는 원고지』의 history도 그럴 것입니다. 한 박자 놓친 출발이지만 한 발 물러난 흔적이 있음으로 해서 오히려 더 단단해진 교훈을 얻을 욕심입니다.

특히 이번 호에서는 미뤄 두었던 숙제 하나를 해 볼까 합니다. 「사진으로 보는 서부제일교회」를 기획하였습니다. 창간호 때부터 마음에 있었는데 이번 호에야 담을 수 있게 되었습니다. 다만 자료가 얼마 되지 않아 아쉬움이 매우 크지만 이후 숨어 있는 자료들이 나타나기를 기다리려고 합니다. 늘 드는 생각처럼 첫걸음은 항상 사소하고 미미하고 고된 작업인 것 같습니다. 그러나 그 후의 일은 후대의 누군가 맡아서 마무리할 것을 기대하기로 했습니다.

서부제일교회 역사를 값지게 보고, 값있게 보관하고 남겨야 한다는 마음으로 사진을 찾아 보내 주신 노성춘 장로님, 김윤희 권사님, 오래된 사진을 깨끗하게 복원하는 데 도움을 주신 이관희 집사님, 잃어버린 주보 1호를 기억과 손끝으로 그려 주신 최상오 장로님, 귀한 사진을 찾아 건네주신 정명숙 권사님, 그 관심과 애정과 노고에 감사와 존경을 드립니다.

창간호와 2호의 책 발간에 직접 글을 짊어지고 와서 활자로 남긴 예비 작가들의 마음은 오래 남아 있습니다. 편집부의 간청에 무거운 지게를 지고 오셨다 하겠지만 그 지게를 지고 온 마음이 교회 사랑이고 『춤추는 원고지』의 history에 벽돌 한 장 얹어 놓은 것이라 확신합니다. 그래서 늘 감사한 마음입니다.

또 『춤추는 원고지』를 향한 응원과 기도를 해 주신 것에서 더 나아가 글 읽어 주시고 전도용으로 혹은 지인들에게 나눠 주신 교인들의 마음도 감사함으로 받습니다.

흔히 교회에서 발행되는 책자들은 기관지 성격을 갖게 마련입니다. 그래서 교회 내 각 기관의 보고나 동향, 성도의 일터와 가정의 탐방과 같은 내용으로 채워지게 마련입니다. 예전의 『방주』가 그 목적에 맞는 내용이었던 것 같습니다. 저희는 한 걸음 나아가 순수 문예지를 만들어 보자는 것이 창간의 의도였고 3호까지 오게 되었습니다.

또 책을 발행 후에도 숙제는 남아 있습니다. 우리끼리 기쁨의 잔치로 끝나기보다는 믿지 않는 많은 이들에게 전도용으로 배포되기를 바랍니다.(새가족부에 등록하는 분들께는 이미 드리고 있습니다.) 복음 전도의 형식이 날로 다양화되어야 할 필요에 대해서는 재론의 여지가 없습니다.

여름이 길고 무덥고 뜨겁습니다. 그러나 그 끝은 반드시 오기 마련입니다.

네모난 원고지 칸에 생각과 마음을 담느라 고생한 여름날 땀방울이 좋은 어느 날 또 한 권의 책으로 돌아오기를 기대합니다.

차례

춤추는 원고지 3

오토바이 커버

이순희

세상살이가 녹록하지 않다는 말들이 자주 들려오는 연말이 되었다.

희망과 꿈에 부풀어 주고받는 단어들도 신선하고 새롭기만 하던 날이 어제 같은데 어느덧 한 해의 끝자락에 와 있는 나 자신을 돌아보니 아쉬움과 후회라는 단어들이 내 머리를 어지럽히려 한다.

현재 우리가 살고 있는 곳은 주택가로, 6년째 거주하고 있는데 사실 주위에 누가 살고 있는지 모른다. 이사 온 초기에는 그래도 앞집, 옆집 등 몇 사람과는 인사를 나누는 정도였으나 이사들을 가고 기존 주택을 헐고 새로운 건물들이 들어서다 보니 오고 가는 사람이 누구인지 알 수가 없다. 나도 직장을 다니고 있기도 하지만 다른 이들도 같은 사정이다 보니 대면할 수 있는 기회들이 없다.

주택가다 보니 가끔씩 주차 문제로 얼굴 붉히고 언성을 높이는 일들이 있었으나 그것도 이제는 대면 없이 전화로만 해결하고 있다.

한창 집값이 천정부지로 오를 때에 우리 집 앞집에 주택을 헐고 빌라 건물을 세웠는데 갑작스런 자재 값 상승과 부동산 값 하락으로 완공된 빌라가 분양이 안 되고 있어 건물주가 엄청 예민해져서 툭하면 주차 문제로 민원을 넣어 동네 사람들을 모두 불편하게 만든다.

오늘도 시끄럽게 전화벨이 울려 내다보니 역시나 앞집 건물주가 나타난 모양이다. 우리가 사는 골목에 집들은 주택이라 주차장이 갖추어진 곳이 거의 없고 집 앞 일렬주차로 서로 배려하고 불편을 감수하며 지내고 있었는데 새 건물이 들어서면서 본인 주차장 출입에 방해된다며 구청에 지속적으로 민원을 넣어 새벽에도 단속을 당하는 일들이 발생하게 되었다.

우리도 주차할 곳을 찾아 공용주차장, 우선주차장 등 여러 차례 알아보았으나 가까운 주차공간을 찾지 못했고 어쩔 수 없이 집에서 조금 멀리 떨어진 곳에 주차를 하다 보니 우리 아들이 가까운 거리 이동에 용이한 오토바이를 하나 구입했다.

그런데 승차 시 날씨 영향을 많이 받는 오토바이는 대문 앞에 세워져 있는 날이 많았고 커버를 씌워 놓았으나 비바람에 헤어지고 너덜거려 흉물스럽기까지 했다. 오토바이를 처분하든지 커버를 교체하든지 방법을 강구하라고 했더니 처분하기는 싫다며 커버를 주문했다고 했다. 며칠 후 오토바이는 귀여운 그림이 있는 커버로 덮여 있었고 조금은 불편한 마음이 해소되었다.

그런데 약 한 달가량이 지난 후 당황스러운 상황을 맞이하게 되었다. 오토바이 커버를 구입해 씌운 사람이 일면식이 없는 분양사무실 직원이었다는 것을 알게 되었다. 갑작스럽게 주차 문제가 다시 대두되어 이야기를 하던 중 우리 오토바이가 너무 낡아 제 기능을 못 하는 커버와 함께 방치되어 있다고 느껴 커버를 구입해 씌워 두었다는 것이었다.

나와 아들은 서로 엄마가 했으려니, 아들이 했으려니 생각하고 있다가

실제 상황을 알게 되니 너무나 민망하고 미안해서 몸 둘 바를 모르게 되었다.

나는 속히 마음을 가다듬고 케이크와 우리 집 감나무에서 따서 말린 곶감을 들고 찾아가서 민망하고 미안한 마음을 전하면서 서로 한바탕 웃고 돌아왔다.

외출 시 대문 앞 오토바이를 무심히 지나쳤는데 이제는 커버를 보면서 슬그머니 미소 띨 일이 늘어날 것 같다.

초대하지 않은 손님

이순희

동이 트기 전 아직 어둠이 거치지 않은 시간이었다. 마당에 떨어진 낙엽을 치우기 위해 몸을 놀리던 중 시커먼 물체의 움직임에 소스라치게 놀랐다.

주위 사람들이 놀랄 수도 있어 터져 나오려는 비명 소리를 간신히 참았는데 그 시커먼 물체도 움찔하는 것을 보니 나만큼이나 놀란 듯 보였다.

진정되지 않은 마음을 부여잡고 눈여겨보니 작은 새끼 고양이였다.

나 못지않게 놀라 불안할 고양이를 뒤로하고 조용히 집 안으로 들어왔다.

그 이후로 하루에 1~2번 마주하게 되었는데 그럴 때면 조용히 자리를 피해 주어 가급적 놀라지 않게 하려 했다.

저도 안심이 되었는지 마주쳐도 황급히 도망가지 않고 조금 거리를 두고 있다가 사라졌다.

혹시 배가 고파 찾아오나 싶어 급한 대로 생선통조림과 물을 놓아두기도 했으나 먹지 않았다.

어느 날은 다른 고양이와 함께 오기도 했으나 확실히 다른 고양이들은 경계심이 심해 사람을 보자마자 빠른 속도로 달아났다.

동물에 대한 사랑이 남다른 우리 딸도 이 고양이와 마주쳤던 모양이다. 배가 고파 찾아오는 것일 수도 있는데 입맛이 맞지 않아 못 먹은 것일 수도 있다며 지인들과 매체에 정보를 수집하고 애견 샵에 들러 다양한 먹이들을 사다 두고 차례로 주어 본 모양이다.

그중에도 잘 먹는 것이 있어 준비해 두었으니 혹시 보게 되면 주라면서 내 눈에 잘 띄는 곳에 놓아두었다.

일상 일로도 바쁜데 새로이 일거리가 더하여진 듯 마음에 부담이 생겼다.

가급적 신경 안 쓰고 지내려 마음먹었으나 이상하게 보이지 않으면 안부가 걱정되기 시작했다.

비가 오거나 기온이 많이 내려가기라도 하면 더욱 안절부절못하게 되는 것이다.

초대도 하지 않았는데 불쑥불쑥 찾아오는 이 손님으로 인해 수시로 현관 밖을 살펴보는 습관도 생겼다.

유리현관문 너머로 고양이 모습이 보이면 바로 나가서 준비한 먹이를 주고 편히 먹으라고 자리를 비켜 주었다.

나타나는 날도 시간도 일정하지 않고 주거지나 소유자가 있는지도 알 수 없으며 정확한 식성도 알지 못하는데 어느새 초대하진 않은 이 손님의 방문을 살피게 되는 나 자신을 발견하게 된다.

Why Me Lord

임충원

여러분은 혹시 이런 동화를 아십니까? 어떤 임금이 백성들에게 꽃씨를 나누어 주고 가을에 심사하여 잘 기른 자에게 큰 상을 주겠다고 했습니다. 그러나 반드시 임금이 준 씨앗으로만 꽃을 피워야 했어요. 그래서 백성들은 온갖 정성을 다해서 물을 주면서 키웠지만 이상하게 꽃씨에서는 싹조차 나지를 않았습니다. 그러자 백성들은 상을 받기 위해서 꽃집에 가서 같은 종류의 새 꽃씨를 사서 왕이 준 씨앗과 바꾸어서 다시 심었어요.

그들의 화분에서는 예쁜 꽃이 피어났습니다. 그들은 모두 임금에게 상 받을 일을 기대하면서 정성껏 그 꽃을 가꾸었어요. 임금이 정해 놓은 기한이 차자 씨앗을 받은 백성들이 저마다 자신이 가꾼 예쁜 꽃 화분을 들고 임금 앞에 나왔습니다. 그런데 이상하게 임금님은 기뻐하지 않고 크게 실망하는 것처럼 보였어요. 그때 한쪽 구석에서 어떤 한 소년이 싹도 나지 않은 빈 화분을 들고 두려워하며 떨고 있었습니다. 임금이 그 소년을 부르자 소년은 떨면서 임금님 앞으로 나와서 이렇게 말했어요. "임금님, 죽을죄를 지었습니다. 저는 열심히 물도 주고 거름도 주며 온

갖 노력을 다해 보았는데도 이렇게 싹도 피우지 못했습니다. 죄송합니다. 저는 벌을 받아 마땅한 자이니 제게 벌을 주십시오." 하면서 울었습니다. 그러자 임금은 "아니다. 너야말로 정직하게 꽃을 피웠다. 내가 원했던 꽃이 바로 그 꽃이란다."라고 말하면서 크게 칭찬했습니다. 임금은 그 아이에게만 상을 내렸고 나머지 엉뚱한 꽃을 피워 가지고 온 백성들은 전부 감옥에 처넣었습니다. 알고 보니 임금은 백성들이 얼마나 정직한가를 시험하기 위하여 처음부터 싹이 나지 못할 썩은 씨를 주었던 거예요.

저는 이 동화를 생각할 때마다, 바로 이 땅을 살아가는 우리들(= 교회)의 모습을 떠올리게 됩니다. 자기 자신이 죽어 있고 썩어 있는 존재인 것을 모르고, 나 스스로 열심을 내면 꽃을 피우고 열매도 맺을 수 있는 것처럼 살고 있지는 않은지 생각하게 됩니다.

포도나무 줄기에서 잘린 가지는 자체가 죽어 있는 것이기에 아무리 애를 써도 열매를 맺을 수 없습니다. 이것은 마치 우리가 죽은 존재임을 모르고 복음으로 주어진 성경 말씀을 열심히 삶을 통해 실천하여 하나님을 기쁘시게 해 드리려는 우리의 모습이 아닌가 생각합니다. 죽은 가지는 포도나무이신 예수님의 줄기에 붙어 있어야 열매를 맺을 수 있으며, 그래서 혹시 우리의 삶에서 열매가 보이면 그건 내가 맺은 것이 아니므로 어디다 자랑할 수가 없겠지요. 그런 면에서 대부분의 교회 안에 만연해 있는, 나의 열심에 대한 보상으로 안수집사, 장로, 권사 등의 항존직 직분을 원하고 있는 우리의 모습들, 그리고 그 보상으로 천국행을 보장받은 것처럼 확신하고 사는 우리가 동화에 등장하는 한 소년을 제외한 대부분의 평범한 백성이 아닌가 저는 두렵고 떨리는 마음을 갖게 됩니다.

동화 이야기를 통해 천국 복음을 생각해 봅니다. 동화 속의 어린 소년처럼 하나님 앞에 정직해야 천국에 간다는 얘기가 아닙니다. 어머니 배 속에서부터 죄인이었던 우리는 정직할 수가 없기 때문이죠. 바울이 로마서에서 의인은 하나도 없다고 한 것처럼 우리의 의로는 하나님께 도달할 수가 없습니다. 동화 속의 어린아이처럼 "저는 아무리 애써 봐도 안 되네요. 그저 죽어 있는 씨앗과 같아서 왕 되신 하나님께 드릴 만한 것이 아무것도 없습니다. 저를 지금 당장 죽이신대도 저는 아무 할 말이 없는 존재입니다." 하고 가난한 마음으로 애통해하고 있는 그에게 하나님께서 다가오셔서 "그래서 내 아들 예수를 너희에게 내어 준 거란다. 내가 선택한 내 백성을 예수와 함께 꽁꽁 묶어 십자가에서 죽이고 또한 예수와 함께 살리는 것. 이것이 너희를 향한 나의 구원계획이란다. 나중에 내가 인류를 심판할 때 나는 '죽은 씨'에게는 관심이 없다. 예수만 들여다보면 된다. 예수께 묶여 예수께 속한 그들이 나와 천국에서 영원히 함께 살게 될 것이다."

제가 청년 때 음악다방에 가면 DJ에게 꼭 신청하는 노래가 있었습니다. Kris Kristofferson의 〈Why Me Lord〉란 노래인데 눈물 나게 반복해서 호소하는 가사가 지금도 저를 울컥하게 만듭니다.

"(가사) 왜 저인가요? 제가 무엇을 했기에 이런 기쁨을 주시나요? 말씀해 주세요. 제가 무엇을 했기에 제게 은혜를 베푸시고 당신을 사랑하게 하시나요? 예수님, 도와주세요. 나는 모든 것을 낭비했어요. 나를 도와주세요. 주님, 나는 내가 어떤 사람인지를 알고 있어요. 이제 당신이 너무나 필요하다는 걸 내가 알고 있어요. 도와주세요. 내 영혼은 주님 손에 달려 있습니다."

한 번도 주님을 위해 산 적이 없고, 주를 위해 무언가를 해 본 적도 없어요. 가끔씩 그에게서 나왔던 선한 일도 결국은 자기의 만족과 명성과 평판을 위한 거였지 결코 주님을 위해 한 것이 아니었다고 신앙 고백을 합니다.

미국 생활 16년째인 저의 요즘의 마음은 'Why Me Lord'에 정확히 머물러 있습니다. 어떻게 나 같은 자를 아는 체하시는지요. 면목 없고 그래서 부끄러운 구원이지만 제겐 너무나 소중하기에 염치없이 받아 누립니다. 제가 자라난 서부제일교회에서 참복음이 선포되고 복음의 감격을 날마다 나누며 누리는 사랑하는 교우님들이 되시길 기도드립니다.

우리는 지금 어디로 가는 것일까

조명옥

우리는 지금 어디로 가는 것일까
혹자들은 이렇게 정의하기도 한다
순간이 시간이 되고 시간이 세월이 되고
세월이 인생이 되고 인생이 역사가 된다고

모든 인간들은 평등한 인생의 깊은
암흑의 길을 쉼 없이 그렇게 걸어가고 있다
그리하여 마지막 인생의 길에 들어서서
자신이 걸어온 발자국을 뒤돌아본다

지난날의 역사의 나락 속으로 들어서면서
그것이 과연 인간이 지나온 자신의 삶이라고
정의할 수 있을까
다시 뒤돌아갈 수 없는 지나온 나의 길이여

우리는 지금 어디로 가는 것인가
얼마 남지 않은 미래를 초조히 바라보며
어깨를 활짝 펴고 두 발을 힘차게 딛고 있다
지나온 세월이 보람 있는 나날이었다고

소망의 문을 열어라

조명옥

네 문을 열어라
어둡고 캄캄한 네 앞의 문을
그리고 갇힌 그 속에서
벌떡 뛰쳐나오라

두려워 말고 활짝 열어라
캄캄하게 닫혀 있던 네 문을
열린 문으로 한 줄기 빛이 비치고
넓고 큰 미래가 펼쳐 있다

활짝 열린 네 문 앞에서
지난날 캄캄하고 힘들었던 삶을 떨치고
몸과 영혼의 기지개를 켜며
앞으로 힘차게 전진하라

이제 갇혀 있던 문 안에서
떨쳐 일어나 소망의 세계로
힘차게 달려 나가라
찬란한 너의 인생의 길을 향하여

내 안에 주님의 향기를 담고

조명옥

내 삶 속에서 나의 체취를 음미해 본다
어떤 냄새를 품기고 있을까
꽃의 향기일까
풀 내음일까
내 육체에 코를 대고 맡아 보았다

한 번도 맡아 보지 않았던 내 몸의 체취를
깊숙이 처음으로 맡아 보았다
그리고 비로소 나만의 냄새를 음미하며
나 자신 놀라고 있었다

이제 와 나의 몸에서 풍기는 체취는
날 위해 죄 없이 십자가에서 피 흘려 돌아가신
예수 그리스도의 냄새
주님의 향기가 뿜어 나길 기도하고 있다

가로등 불

조명옥

어둠이 골목길에 슬며시 찾아오는 저녁
어느새 가로등엔 불이 켜져 있다
마치 기다리고 있었던 듯

이 세상 무엇이 가로등처럼 자기의 본분을
말없이 이행하는 것이 있는가
그 자리에 한 치의 요동도 없이

오늘 저녁에도 누구의 요구도 없이
자기의 의무인 양 빛을 내비치며
골목길을 밝게 비추고 있겠지

혼신의 힘을 다하여 빛을 비추며
어두운 골목길을 말없이 지키는
나도
하나의 가로등이고 싶다

거울 속에 비친 나의 모습

조명옥

어머니 천국 가신 지 어언 7년
잊어버릴 만한 세월이 흘렀건만
아직도 집 안 구석마다 모친의 흔적이 보이네

오늘 아침 거실에 걸려 있는 거울 속에서
마주쳐 나오는 어머니를 만났네
하지만
그 모습은 어머니 연세 때의 나의 모습

깜짝 놀라 가까이 다가가 마주 보았네
얼굴에 새겨 있는 주름이며 구부정한 허리
세월의 흐름 속에서 다시 찾은 어머니 모습

이제 시간을 되돌려 가신 어머니 다시 뵐 순 없지만
현실에 서 있는 나의 용모와 태도

그리움과 함께

거울 속에 마주 서 있는 어머니와 딸의 닮은 모습 속에

지난날의 다정하고 인자한 어머니를 회상하면서

나의 잘못했던 과거를 눈물로 씻어 본다

용서하소서 나는 불효자입니다

성경과 미술
- 카라바조의 〈의심하는 도마〉

24 열두 제자 중의 하나로서 디두모라 불리는 도마는 예수께서

오셨을 때에 함께 있지 아니한지라

25 다른 제자들이 그에게 이르되 우리가 주를 보았노라 하니 도

마가 이르되 내가 그의 손의 못 자국을 보며 내 손가락을 그 못 자
국에 넣으며 내 손을 그 옆구리에 넣어 보지 않고는 믿지 아니하
겠노라 하니라

26 여드레를 지나서 제자들이 다시 집 안에 있을 때에 도마도 함
께 있고 문들이 닫혔는데 예수께서 오사 가운데 서서 이르시되
너희에게 평강이 있을지어다 하시고

27 도마에게 이르시되 네 손가락을 이리 내밀어 내 손을 보고 네
손을 내밀어 내 옆구리에 넣어 보라 그리하여 믿음 없는 자가 되
지 말고 믿는 자가 되라

28 도마가 대답하여 이르되 나의 주님이시요 나의 하나님이시니
이다

29 예수께서 이르시되 너는 나를 본 고로 믿느냐 보지 못하고 믿
는 자들은 복되도다 하시니라 (요한복음 20:24~29)

〈의심하는 도마〉는 17세기 초에 그려진 바로크 회화다. 바로크 미술
이 유행하던 당시 유럽에서는 가톨릭의 부흥을 도모하고자 성서의 내용
을 강조하는 웅장한 그림들을 많이 주문했다. 그 영향으로 바로크 미술
은 르네상스 미술의 원근법과 해부학 지식을 통한 사실적인 인체 묘사
를 계승하면서, 한편으로는 강한 명암 대비, 사실적인 묘사 등을 통해 드
라마틱한 연출을 강조하였다.

작가 카라바조(Michelangelo da Caravaggio, 1573~1610)는 16~17세
기 이탈리아 바로크 미술의 대표적인 화가로, 본명은 미켈란젤로다. 예
명 '카라바조'는 그가 유년 시절 살았던 밀라노의 카라바조 지역에서 유

래했다. 세간에는 그가 망나니 같은 행실을 가졌다고 알려져 있지만, 성격과는 별개로 뛰어난 그림 실력으로 여러 귀족 및 성직자들로부터 후원을 받으며 작품 활동을 이어 갔다고 한다. 카라바조는 39세의 젊은 나이로 사망했는데 결투 중 살인을 저지르게 되어 도망자 신세로 지내다 병으로 객사했다는 설이 유력하다.

〈의심하는 도마〉에서 예수 그리스도께서 부활 이후 처음 사도들이 모인 곳에 나타나셨을 때 도마는 그곳에 있지 않았다. 돌아온 도마는 동료들의 증언에도 불구하고 자신이 직접 옆구리의 상처에 손을 넣어 보지 않고는 믿지 못하겠다고 말한다. 그런 의심하는 도마를 위해 예수님께서는 친히 다시 그를 찾아오신다. 카라바조는 말씀을 모티브로 예수 그리스도가 도마의 손을 잡아 직접 상처 안으로 집어넣는 장면을 묘사함으로써, 의심하는 제자에게 찾아오신 예수님의 사건을 더 강력하게 연출하였다.

작품에서 배경은 어느 장소에 있는지 모를 정도로 어둡게 처리되어 있다. 우리가 볼 수 있는 것은 그저 예수님과 세 제자들뿐이다. 이러한 극명한 명암 대비로 인해 작품에서 인물들이 이루는 행위는 마치 스포트라이트 조명을 받은 것처럼 생생하고 극적이게 느껴진다. 명암의 대비에서 인물들의 감정을 대조하려는 흔적도 있다. 도마와 사도들의 얼굴은 빛을 받아 매우 놀라는 장면이 강조되는 반면, 그림자에 가려진 예수 그리스도의 얼굴은 어딘가 쓸쓸해 보인다.

당대 기성 미술인 르네상스의 회화에서 카라바조 그림의 차이가 있다면, 그림 속 사도들은 지극히 현실적이라는 점이다. 성인이라고 불리는 그들의 머리 뒤에 후광이 비치지 않으며, 아름답지 않다. 오히려 머리가 빠지고 몸에는 주름살이 가득하고 손에는 때가 낀, 평범하고 가난한 일꾼의 모습이다. 이전의 종교 회화에서 성인들을 아름답게 묘사하는 것과 달리, 성경에서 기록된 사도들의 고증을 참고하여 누추한 모습 그대로를 묘사하고자 했다. 그리스도 또한 평범한 청년의 용모이며, 그리스도가 도마의 손을 붙잡고 넣는 옆구리 흉터도 영광의 상처라기보다는 생살이 찢긴 고통이 느껴지듯 생생하다.

　카라바조에게 있어 인물들의 사실적인 묘사는 성경의 내용에 더 몰입하기 위해서였다. 이는 그가 성경에서 이야기한 모든 사건들이 먼발치에 있는 것이 아니라, 비록 고되고 낮게 보여도 우리가 살아가는 세상과 삶 속에서 이루어진 것이라고 믿기 때문이었을 것이다. 카라바조가 도마 이야기에서 투영했던 것은 아마도 죄 많은 자신이 구원을 받을 수 있을지 고뇌하는 의구심이자, 예수 그리스도가 도마에게 직접 찾아왔듯이 자신에게도 다가와 그의 의심을 해결해 주길 바라는 마음일지도 모르겠다.

　그러므로, 카라바조의 〈의심하는 도마〉는 단순히 예술적인 표현뿐만 아니라 그의 삶과 신앙의 고민에 대한 탐색이 반영되어 있는 것으로도 해석해 볼 수 있다. 작품이 울림을 주는 이유는 단순히 사건이 생생히 묘사된 것뿐만 아니라 오늘날 우리가 삶을 살아가며 마주하게 되는 보편적인 문제와 의문들과도 맞닿아 있기 때문이지 않을까?

마음 집

김수나

일요일마다 1시간 정도 기도실에서 기도를 하는데 한 주 휴가를 다녀와 기도를 빠진 다음 주였다. 지하로 내려가 기도실 문을 열고 불을 켜고 가방을 내려놓고 방석을 깔고 딱 앉으려다 순간 주춤하게 되었다. 그제야 시야에 들어온 게 있었기 때문이다. 아주 작은 기도실이 온통 시커멓고 푸릇한 곰팡이로 뒤덮여 있었다. 내가 앉을 곳 아주 가까이까지 온통 곰팡이가 방을 점령하고 있었다. 안전과 위생에 둔감한 편인 나에게도 굉장히 꺼려졌다. 어지간하면 어떻게 앉을 수 있지 않을까 싶어 가까이 가서 살폈더니 곰팡이가 벽지 위로 촘촘히 매우 입체적으로 돋아나 있었다. 내가 숨 쉴 때마다 그 곰팡이 포자들이 내 폐 속으로 흡입되어 들어온다는 상상을 하니 막연한 공포가 일었다. 도저히 그 방에 더 있을 수 없었다. 뒷걸음쳐 밖으로 나왔다.

그 선명한 공포의 기억. 그 기억은 기도할 곳을 잃어버린 낭패감과 더불어 나에게 중요한 문제가 되었다. 어쩌면 그 흉측한 곳이 내 마음일 수 있기 때문이다. 아, 죄가 더럽다는 게 저런 것이구나 하고 알게 되었다.

저녁에 아이들과 성경을 읽는데 이런 구절이 있었다. 솔로몬이 성전을 짓는 대목이다.

여호와의 언약궤를 두기 위하여 성전 안에 내소를 마련하였는데 그 내소의 안은 길이가 이십규빗이요 너비가 이십규빗이요 높이가 이십규빗이라 정금으로 입혔고 백향목 제단에도 입혔더라 솔로몬이 정금으로 외소 안에 입히고 내소 앞에 금사슬로 건너지르고 내소를 금으로 입히고 온 성전을 금으로 입히기를 마치고 내소에 속한 제단의 전부를 금으로 입혔더라 (열왕기상 6:19~22)

깨끗한 백향목 널빤지로 덮인 내실을 다시 금으로, 이지러진 곳 하나 없이 얇고 매끈하게 덮어 너비와 길이와 높이가 모두 같도록 정갈하게 다듬어 만들어진 최상급 무균실.

이 정도는 되어야 하나님의 언약궤를 모실 수 있다고 왕과 제사장과 설계자들이 오랫동안 회의를 거쳐 중지를 모은 것이리라.

물리적인 세계가 내놓은 최선이 이 정도 수준이라면 영의 세계에서는 더, 더 아름답고 깨끗할 수 있지 않을까. 내 마음이니까. 물리적 세계에서는 구현이 불가능한 어떠한 아름다움도 마음먹으면, 마음으로는 가능한 것 아닌가. 헌데 내 마음의 수준이 곰팡이 가득 찬 골방 한쪽만 못하다는 게 자각되니 굉장히 비참했다.

그런데, 더 심각한 문제는 예수님께서 그 방에 들어와서 사시겠다고 들어가셔서는 아예 문을 닫아 버리셨다는 것이다. 절대 나가지 않으시겠다고.

그리고 거기서 청소를 하신다. 환기도 시키고 벽에 붙은 곰팡이를 끌개로 박박 긁어내시기도 하고. 수챗구멍을 꽉 막고 있는 오물을, 계속 콸콸 역류해 솟구치는 쓰레기를 계속 뽑아내신다. 이래서야 내 마음의 주인도 보좌의 통치자도 아니고 일개 용역 청소부가 아닌가.

그러면서도 하나님은 뭐가 좋다고 자꾸 죄를 갖고 오라고 하실까? 문제를 하나님께만 토설하라고 하실까?

나 곧 나는 나를 위하여 네 허물을 도말하는 자니 네 죄를 기억하지 아니하리라 (이사야 43:25)

'아, 하나님은 그런 분이시구나. 하나님은 죄를 처리해 주시는 분이시구나' 하고 알아 가고 있다. 더 많이 상소할 것이다. 하나님을 배제한 시간과 공간이 하나도 없어질 때까지. 내 마음이 계시기 좋은 깨끗한 집이

될 때까지. 나로서야 답도 가망도 없고 그려지지도 않지만 하나님께서
그렇게 이루실 때까지.

'더러운 내 마음'의 상투적인 관념을 실체로 감각하게 해 주신 하나님
의 은혜, 오감으로 겪어야 깨닫는 내 수준에 맞추어 경험하게 해 주신 하
나님의 역사, 그리고 포기하지 않으시고 오늘도 대대적인 대청소 중이신
하나님의 성실하심, 그리고 그럼에도 오늘도 사랑한다고 하시고 내 사랑
을 받기 원하시는 하나님의 은혜가 정말로 얼떨떨할 만큼 감사하다.

Who is your hero?

My God is my hero. He helps me when I am tired, and when I'm
bored. He lets me do fun worship dance. He was the only God who
made Earth. He made me and other people. He made the nature,
mountains, plants and animals. So, I can live happily. He gives me
daily foods. He saves me from Satan. And he gets rid of my bad
thinking. He makes me strong and brave. I love him, and he loves me
forever.

당신의 영웅은 누구인가요?

나의 하나님은 나의 영웅이에요. 내가 지치고 지루할 때, 하나님은 나
를 도와주세요. 하나님은 내가 즐거운 춤으로 예배하게 하세요. 하나님
은 세상을 만드신 유일한 분이세요. 하나님은 나와 다른 사람들을 만드
셨어요. 하나님은 자연과 산과 식물과 동물들을 만드셨어요. 그래서 나
는 행복하게 살 수 있어요. 하나님은 일용할 양식을 주세요. 하나님은

사탄에게서 나를 보호하세요. 그리고 내 나쁜 생각을 없애 주세요. 하나님은 나를 강하고 용감하게 만드세요. 나는 하나님을 사랑해요. 그리고 하나님은 나를 영원히 사랑하세요.

풍성한 삶으로의 초대

이상경

    친구들과 만날 때, 혹은 새로운 사람들을 만날 때 나는 내가 기독교인임을 엄청나게 많이 티낸다. 그리고 나름 최선을 다해 사람들을 선대하려고 노력한다. 이것이 내가 그동안 사람들에게 취해 왔던 그리스도인으로서의 최대한의 몸짓이었다. 이것으로 세상에서 그리스도인으로서 나의 의무를 다했다고 생각했는지도 모르겠다.

    하지만 가만히 생각해 보니 내가 기독교인임을 알고 상대가 하나님 이야기를 하려고 할 때면 최대한 대화를 피하고자 했고, 진리를 말하기보다는 그 사람이 듣고 싶은 말을 하려는 데 초점을 맞췄다. 그리고 나의 이미지가 답답한 그리스도인이 될까 봐 적당히 세상 것을 섞은 것에 관대하게 반응했다. 기독교가 그렇게 꼭 막힌 종교가 아니라는 듯… 진짜를 전하지 못했다. 진짜를 보여 주지 못했다. 가만 생각해 보니, 그동안 내가 믿은 하나님은 절대로 이성적으로 설명할 수 있는 분이 아니었다. 진짜 꼭 막혀 있었고, 특히 예수의 십자가 사건은 절대 납득시킬 수 있는 게 아니었다. 그냥 잔말 없이 믿는 것. 그것이 내가 아는 최선이었다. 그리고 이게 믿음이라고 생각했다.

그러나 이제는 답답한 그리스도인으로 비춰질까 봐 적당히 기독교를 세상의 것으로 포장하는 노력을 할 필요도 없고, 예수님의 십자가의 은혜를 별 생각 없이 믿는 것도 믿지 않는 것도 아닌 애매한 상태를 유지할 필요도 없다는 것을 알게 되었다. 나를 지으시고, 천지를 창조한 그야말로 그 크신 하나님께서는 나와 소통하기를 원하신다. 어떻게 하면 잘 살 수 있는지, 행복할 수 있는지 알려 주기 원하신다. 그리고 알려 주신 그대로 살아간다면, 다시 말해 하나님이 만드신 세상의 질서대로 살아간다면 풍성한 삶을 누릴 수 있게 된다. 하나님이 주시는 행복을 누릴 수 있게 된다. 그렇게 사는 나는 너무 매력적일 것 같다. 빛날 것 같다. 세상 기준에 부합하지 않아도 멋질 것 같다. 포장은 필요 없다. 이보다 아름다운 포장지는 없을 테니까. 그리고 내가 하나님의 질서대로, 그의 다스림 안에서 살 수 있는 것은 나의 노력이나 결단이 아니라, 예수님이 나를 위해 돌아가셨기 때문이다. 나를 너무 사랑하신 하나님은 자기 멋대로 살아가는 나의 죄를 사해 주기로 작정하신다. 세상의 정의를 거스르지 않기 위해 그냥 단순하게 '이제부터 너희들 죄 없는 것으로 해 줄게'가 아니라 대가를 치르게 하신다. 그런데 그 대가마저 하나님 스스로 만드신다. 바로 예수님이셨다. 예수님이 우리를 대신해 십자가에서 죽으신 것이다.

나는 이것을 믿는다. 아니, 믿게 해 주셨다. 깨닫게 해 주셨다. 나 중심에서 벗어나 하나님 중심으로 살고 싶다는 생각을 할 수 있게 해 주셨다. 나를 지으신 창조주의 목적에 따라 살고 싶다는 몸부림을 칠 수 있게 해 주셨다. 수없이 잊고 살지만, 다시 수없이 생각나게 해 주시고, 깨닫게 해 주신다. 내가 하나님께 돌아서겠다고 결단한 순간부터 나를 끊임없이 주 앞에 서게 하신다. 성령님을 보내 주셨다. 아니, 엄밀히 말하면 늘 내 안에 계셨던 성령님을 느낄 수 있게, 부를 수 있게 해 주셨다. 내 안의 성령을 느낀다. 삶의 문제 앞에 설 때마다, 다시 세상의 허무와 불안과 고통을 마주할 때마다 "너 거기서 나와!" 하며 이끌어 주신다. 나는 이제 제대로 된 삶을 살 수 있게 되었다. 내가 입버릇처럼 이야기하던 나의 창조의 목적을 알게 되었다. 그것은 단 하나, 그저 하나님을 나의 삶의 중심에 놓고 그분이 공급하시는 것을 누리면 된다. 행복하면 된다. 풍성해지면 된다.

도시농부의 사계절

김해인

　직장인인 나는 겸직으로 농사를 짓고 있다. 결코 농사가 환상적으로 생각하는 삶이 아니라는 겸직 농부인 나의 사계절 일상을 이야기해 보려 한다.

봄

　3월이면 겨울 동안 얼었던 땅이 녹는 철이라 농사를 시작한다. 미리 가을에 두럭을 만들어 비닐을 씌워 놓은 곳에 완두콩이랑 강낭콩을 심는다. 추위가 시작되기 전 전년도 가을에 미리 두럭을 만들어 비닐멀칭을 해 놓지 않으면 땅이 완전히 녹지 않아 완두콩을 심기 어렵기 때문이다. 봄추위 속에 가장 먼저 씨앗을 파종하는 농작물이다.

　강낭콩은 3월 말이나 4월 초에 심기 때문에 완전히 땅이 녹을 때이긴 하지만 나는 완두콩 심을 곳을 만들 때 같이 두럭을 만들어 놓는다, 직장인이다 보니 농사일에 많은 시간을 쏟을 수 없기 때문이기도 하다.

3월 마지막 주 정도엔 날씨 상황을 보고 작년 가을에 심어 놓은 양파와 마늘밭에 얼지 말라고 마늘 위에 씌워 놓은 멀칭 비닐을 조금씩 열어 줘야 한다, 따듯해졌다고 한꺼번에 열어 주면 냉해도 입기 쉽고 밖의 환경에 적응을 시켜 가며 완전히 벗겨 내야 하기 때문이다. 4월이 되면 수확할 것이 생기기 시작한

다. 작년에 심어 놓은 쪽파와 손녀가 좋아하는 시금치를 수확해 삶아서 냉동실에 넣었다가 딸이 오면 꺼내 준다. 우리 손녀 태린이가 나물을 좋아하는데 그중에 가장 좋아하는 것이 시금치라서 아무리 바빠도 가을에 꼭 시금치 씨앗을 파종한다.

그리고 본격적으로 삽질이 시작되는 시기이기도 하다. 두럭을 만들어 놓아야 갖은 채소 씨앗도 뿌리고 고추, 가지, 옥수수 모종을 사다 심을 수 있기 때문이다. 나는 한꺼번에 힘든 일을 할 수 없는 체력을 타고나서 조금씩 나눠 가며 매주 주말에 가서 두럭을 만들어 차례로 심는다.

모종이나 씨앗을 심는 시기가 다르므로 두럭 만든 순서에 따라 모종이나 씨앗을 심는다. 옥수수, 가지, 고추, 토마토, 고구마를 5월 초 마지막으로 심어 놓으면 봄 작물 농사는 끝이다.

여름

이제부터 본격적으로 풀 관리가 시작되는 시기다. 우선 밭 가장자리에 꽃씨도 뿌려 주고, 6월이 되면 매실 수확을 하고, 가을에 수확하는 곡식인 울타리콩 씨앗을 심고 씨앗을 미리 파종해서 모종을 만들어 놓은 호박을 옮겨 심어야 한다. 그러는 중에 틈틈이 시간을 내 풀을 뽑아 주어야 하는 곳이 있고 제초제를 뿌려 줘야 하는 곳도 있다. 장마가 시작되면 진짜로 풀과의 전쟁이 시작된다. 날씨가 더워지면서 돌아서면 풀이 무성해지기 때문에 인간이 풀을 이길 수 없다는 말이 예로부터 내려올 정도로 전쟁을 치러야 하는 계절이기도 하지만 동시에 모기와도 전쟁이다.

6월 말쯤 되면 작년 가을에 심어 놓았던 양파, 마늘을 캐고 그 자리에 미리 모종을 해 놓은 들깨모를 옮겨 심는다. 들깨는 잎사귀를 따먹는 재미로 조금씩 심어 본다. 들깨는 버리는 게 없어 효녀 식물이다. 잎사귀도 먹고 열매도 오메가3가 풍부해 망막출혈이 온 뒤로 꼭 챙겨 먹는다. 봄에 심은 농작물인 강낭콩과 완두콩을 따서 가을 울타리콩이 나올 때까지 냉동실에 보관하여 먹는다.

여름 수확이 끝나고 7월 말부터 8월까지는 잠시 휴식기이다. 날씨도 무덥고 직장 일만으로도 버겁기 때문이다. 행여 몸이 상해 직장 일에 피해를 줄까 해서 가끔 제초제만 살포하고 봄에 심어 둔 풋고추, 오이, 호박 등등 야채들을 수확해 오고 밭일은 잠시 뒤로한다. 이렇게 간단하게 수확만하는 일 같아도 여름 삼복더위에 잠시만 밭에 있어도 땀이 비 오듯 하기 때문에 금방 땀으로 옷이 흠뻑 젖는다. 그렇게 체력 소모가 많은 계절이라 일은 적게 해도 봄가을 장시간 일하는 것과 같은 효과로 체력 소모가 되므로 힘든 일은 눈을 질끈 감고 뒤로한다.

가을

9월이 시작되면 정말 일하고 픈 의욕도 생기지만 일을 안 하면 국가에 눈치를 봐야 하는 계절이다. 9월 초순에 구청에서 경작 확인을 하기 때문에 여름 더위에 미뤄 놨던 풀 관리를 해 줘

야 하고 겨울에 먹을 양식을 파종해야 하는 시기다. 나는 절임배추를 사 먹기 때문에 손 많이 가는 배추는 안 심는다. 무우, 알타리, 쪽파, 갓 등 김장에 필요한 재료만 심는다. 이때는 봄처럼 초록초록 올라오는 싹들이 귀엽고 예쁘다. 특히 쪽파는 정말 사랑스럽다.

이런 맛에 아이들이 밭에 가지 말라고 뜯어말리면 "알았어. 내년엔 아무것도 안하고 나무만 키울 거야" 하고 대답하지만 땅이 녹으면 어김없이 밭으로 향하는 나를 볼 수 있다.

하지만 이제 나이가 들면서 체력이 안 따라 주니 이제 농사가 무서워지기 시작했다.

10월이 되면 슬슬 콩들은 조금씩 익은 걸 골라서 따 줘야 한다. 녹두, 동부는 일찍 여물기 시작한다. 아파트에 살기 때문에 이런 농작물을 집에 가져오면 집에서도 밭에서 볼 수 있는 벌레들이 돌아다녀서 될 수 있

으면 집으로 안 가져오려고 원두막도 지어 놨지만 시간 관계상 어쩔 수 없이 집으로 가져와서 밤에 할 수밖에 없을 때가 많다. 그래도 참깨나 들깨는 잠시 원두막에서 말려서 털어서 알맹이만 가져오니 조금은 편해 졌다.

겨울

늦은 가을, 겨울 문턱 앞에 서면 내년 봄에 수확할 양파, 마늘, 시금치, 대파를 심고 활을 꽂아 높게 흰색 비닐로 멀칭을 해 준다. 이렇게 겨울 농사를 해 놓으면 내년 봄에 수확 후 밭을 이모작으로 유용하게 사용한 다. 11월에는 잘 자란 김장용 무, 알타리, 쪽파, 갓, 대파를 뽑아 겨울 양 식을 조금씩 담가 놓는다. 그리고 나면 구기자가 빨갛게 익어 가고 노란 국화가 피기 시작한다. 그놈(?)을 따다가 말려 차를 만든다. 봄에 만들어 놓은 매화차와 구기자차, 국화차를 번갈아 가며 마신다. 국화차는 숙면 에 도움을 준다 하여 저녁을 먹고 차를 내려 마시고 낮에는 구기자차나 매화차를 마신다. 요즘은 간수치가 좋지 않다 하여 작두콩를 따다 만든 차를 연하게 끓여 마신다. 비염과 해독작용 및 배변에도 도움이 된다 하 니 겨울에는 제격인 작두콩차인 셈이다. 겨울 농작물이 추운 겨울을 잘 보내길 빌며 가끔 얼마나 자라고 있나 궁금해서 확인하러 밭에 가 본다. 농사를 모르는 분들은 이 겨울에 밭에 할 일이 뭐가 있어 가냐고 하시기 도 한다.

이렇게 한 해 농사를 마무리하면 겨울 동안 저장해 둔 양식으로 호박 죽도 쒀 먹고 밥에 콩을 거르지 않고 지어 먹고 고구마 삶아 먹고 하다

보면 겨울은 금방 지나간다.

　나는 생각지 않게 물려받은 토지로 도시농부가 되어 보니 우리가 흔히 말하는 귀농에 환상은 없는 것 같다. 현실은 열악한 농사꾼의 생활이다. 투자한 것보다 적게 돌아오는 게 농사꾼의 삶이다 보니 정부에서 보조해 주는 직불금으로는 턱도 없이 부족하다. 나는 농사를 지으려 사들인 토지가 아니므로 다른 농부에 비하면 덜하지만 흔히 쉽게 말하는 퇴직하면 농사나 지어야지 하는 환상으로 토지를 사들인 분들 중에 후회를 하시는 분들도 봤다. 물론 남자분들은 체력이 여자와 다르니 취미 삼아 작게 소일거리로는 딱 좋은 일이라고도 생각한다. 각자 생각이 다르고 처지가 다르므로 여자인 나의 농부생활은 이렇게 소개하는 걸로 마친다.

복음의 씨(전도하면서)

복 받은 손들이 받아든 복음의 씨

마음 밭이 옥토이길 바라지만
가시밭이면 걷어 내고
돌짝 밭이면 주워 내고
길가 밭이면 말씀으로 기경하면
옥토인 것을

어둔 세상
씨 뿌리는 농부의 부름 받았으니
부지런히 뿌리리라
해 지고 밤이 되기 전에

뿌려진 씨는 삼십 배 육십 배 백 배의
결실 있으리니

하나님을 기쁘시게
복음의 씨 받은 손엔
영과 육의 행복한 구원의 그날이길 믿으며
지역이 복음화되길 기도하며 바라며

해 지고 밤이 오기 전에
부지런히 뿌려요
우리 함께
함께라서 기쁘고 행복하지 아니한가요!

리모델링

삶을 되돌아봅니다

굴곡진 인생의 여정
늦은 감은 있어도
리모델링이 필요합니다

바르게 살았는지
행동과 마음이
서투르지는 않았는지
남에게 상처가 되지 않았는지

하나님 앞에 서는 날
내 인생이 스크린 앞에서
부끄럼 없이 서기 위해서
꼭 필요합니다
리모델링이

52   춤추는 원고지 3

향기 있는 삶

김현숙

주님께선 세상 죄를 지시고
참혹한 십자가의 피로
일류 구원의 꽃을 피우시고

영광 받으시기 위해
그 십자가의 피로 우리 영혼을 사 주셨으니
내 생존만의 호흡이 아니라
의미 있고 영향력 있는 호흡이길

내 영혼이 소중하기에
그대와 당신의 영혼이 소중하리니

나의 한마디 말과 몸짓이
내 옆에 한 사람 그 옆에 또 한 사람
소중하게 사랑으로 품고

하나님이 가꾸시는 정원에
영혼 구원의 꽃 피우기 위해
복음을 전하는 단비라면

하나님께 영광이요
예수님의 편지와
향기 있는 삶이리라

함께 갑시다

김현숙

시간이 향기도 모른 채 죽도록 일만 하다
속절없이 고령이 된다
골진 피부는 나이 듦의 표상
제 몸 간수하기도 힘든 육신의 마모
움켜쥔 모래알처럼 빠져나가는 세월
그 세월 앞에서 무기력함

내면의 혼란을 수습할 시간도 없이
하늘 향해 애절하게 날아간다
누구라도 예외가 있겠는가만
이는
끝이 아니요 시작이라

구원받을 자들이 가는 나라

찬란한 그곳

아픔도 슬픔도 괴로움도 없는 영원한 나라

예수님 이름으로만 갈 수 있는 나라

준비해야 가는 나라

주님께서 예비해 놓으신

우리 아빠 아버지 집

우리 함께 갑시다

가로수 길의 공연

김현숙

여름날 삼복더위에 꼭 찾아오는 연주단
전국을 들썩이는 오페라 공연단
반주도 지휘봉도 없는 합창단
햇빛 치열한 여름에 가로수 길은
입장료 없는 공연장이 된다

청아한 음률에 곡조를 덧입혀 부르는
혼성 사중주 오페라 합창
가로수에 기대어 노래를 부르다
쉼표가 있는지 뚝 숨을 멈추었다가
어느 나무에선지 소프라노 선창이 나오면
지휘봉에 맞춘 듯 각각의 나무에서 합창이 나온다

바람 한 점 없이 타는 듯한 열기 속에서
아름다운 연주가 흐른다
세상이 들썩인다

바울에 대한 斷想… 하나

이화종

예수를 핍박하다가 다메섹에서 주님의 음성을 듣고 180도 바뀌어 예수를 전하고 일생을 전도하며 살았던 바울이 존경스럽다.

복음 성가곡에서 나오듯이 "예수님처럼 바울처럼 그렇게 살 순 없을까" 하는 구절이 생각난다.

바울의 생애와 선교 여행은 너무 밀접한 관계를 맺고 있다. 바울이 죄도 없이 옥에 갇혔을 때 옥문이 열리고 탈출할 수 있을 때, 또한 죄수들을 감시하고 지배하는 옥사장이 바울의 탈출을 두려워하고 있을 때, 여유 있게 나타나서 간수들을 안심시키는 일 등 바울이 예수님의 열두 제자는 아니지만 열두 제자보다 더욱 비중이 큰 성경상의 인물임은 누구도 부인할 수 없다.

바울이 디모데와 함께 선교 여행하며 예수를 전파하고 유대인을 넘어 이방인들까지 선교하는 대담한 행동을 보면 바울과 같이 예수를 바로 이해한 인물이 또 어디 있을까 싶다. 아무튼 바울은 성경상의 인물 중 모세와 함께 큰 반열에 설 수 있는 인물임에 틀림없다.

여기서 한 가지 덧붙임은 바울 신학을 완전히 이해하기는 불가능하다는 것이다. 우리가 초대교회를 본받는 자라 말하면서도 제대로 본받지 못하는 현실이 참으로 안타깝다.

나 개인의 의견을 잠깐 소개하면 신약 성경 전체를 이해하기 위한 바울 신학의 파노라마로 생각하지 않을 수 없다. 아무튼 바울에 관한 모든 것을 이해하고 공부하는 좋은 기회가 된 것을 기쁘게 생각한다. 우리 모두 바울의 신학을 이해하고 그렇게 살아가기를 소망한다.

내가 서부제일교회에서 전도대로 노방전도를 한 것이 새삼 생각난다. 바울처럼 일생을 예수를 전하는 데 온 힘을 다하기 바란다. 바울처럼 살기는 힘들지만 최선을 다하고 성실하게 신앙생활하며 보람 있게 살기를 바란다.

바울에 대한 斷想… 둘

이원준

사도행전에서 바울을 이해하는 데 도움이 될 만한 사건들을 다음과 같이 거론할 수 있다. 첫째, 오순절에 성령이 임하신 사건이다. 이를 통해 교회가 설립되었고 그런 의미에서 오순절은 곧 교회의 탄생일이기도 하다. 둘째, 스데반의 순교. 그 현장을 통제하던 인물이 바울이었고, 스데반의 순교는 헬라파라고 불리는 소위 해외 출신 기독교인들의 신앙을 상징적으로 보여 준다. 셋째, 일명 고넬료 사건을 들 수 있겠는데, 초창기 교회에서 바울 신학과 상당한 차이를 보이던 유대계 기독교의 깊은 율법적 신앙의 한계를 보여 주는 중대 사건이다. 넷째, 사도회의는 비단 1세기 교회뿐 아니라 기독교 역사에도 매우 중요했다. 이는 바울과 바나바를 중심으로 한 해외교회의 신학과 유대교의 심장부인 예루살렘 기반의 교회가 반목과 갈등, 분열의 위험을 가라앉히고 타협과 존중, 이해와 협력을 도출해 낸 의미 깊은 사건이다. 바울이 해외 출신이고 태생부터 로마 시민권자였던 덕분에 로마법의 보호를 받아 예루살렘에서 살해되는 최악의 상황은 일단 벗어날 수 있었지만, 그렇다고 그를 향한 살기와 비난이 줄어든 것은 아니었다. 바울은 염병, 소요, 성전을 더럽힌 자, 이

60   춤추는 원고지 3

단 등의 치욕적이고 억울한 온갖 비난과 욕설을 직접 들어야 했다. 그렇게 분노 어린 아우성이 빗발치는 가운데, 그는 제사장, 공회, 유대 왕은 물론 로마에서 파견된 백부장과 총독 앞에 서서 스스로 자신을 변호해야만 했다. 그들 앞에서 한 각각의 연설은 법정의 심문 절차상 자기변호이지만, 그 내용은 모두 설교라고 해도 무리가 아니다. 사도행전에 그려진 바울 활동의 마지막 모습이다.

바울이 주님을 만난 후 그의 인생에 큰 변화가 있었다는 것은 성경 여러 군데에서 확인할 수 있다. 그런데 그 배후에서 중요한 역할을 한 인물이 바나바다. 사도행전 9장에 회심한 바울이 그리스도께 헌신을 결심하고 다메섹 회당에 들어가 유대인들에게 복음을 전하자 얼마 후 유대인들이 바울을 죽이려고 몰려왔다. 겨우 피신한 바울은 곧장 예루살렘에 상경하여 사도들을 만나려 했으나 면담의 기회조차 얻지를 못했다. 바나바가 사도들을 직접 찾아다니며 바울의 회심과 그의 믿음이 진실임을 알려 바울이 복음 사역의 일원이 되는 전기를 마련한 것이다. 이방인은 구원받을 수 없다고 믿던 당시 보수 일색의 교계에 바울의 등용을 도와 인종과 문화, 종교의 장벽을 뛰어넘어 성령의 말씀을 따라 땅 끝까지 복음 전파의 발을 내딛게 한 일 하나만으로도 바나바의 업적은 인정받을 만하다.

그도 예수님을 만나기 전까지는 기독교인 사냥꾼으로 이름을 날렸었다. 그는 스데반이 순교하던 현장에도 책임자로 자리를 지켰다. 그 잔인한 날 수많은 성도는 외국에까지 몸을 숨겨야 했고 바울은 그들까지도 색출하기 위해 떠났다. 그런 그가 당시 이집트와 팔레스타인 지역에서 교통과 상업의 요지였던 다메섹으로 가던 중 예수라는 분을 만났다. 기독교인을 체포하기 위해 가슴에 공문서를 품고 출장 중이던 바울이 회심 후엔 거꾸로 현지의 유대교 회당에 들어가 그리스도를 전하기 시작했다. 유대교의 심한 핍박이 기독교인들로 하여금 해외로 흩어지도록 만들었고, 그 핍박의 한복판에서 열심히 활동했던 공포의 장본인이 이제는 자신을 파송했던 유대교의 신도들에게 곳곳에서 습격받는 공공의 적으로 처지가 뒤바뀌게 된 것이다. 예루살렘에서마저 일반 성도는 물론 주의 제자들까지도 두려움과 의심을 품고 그와 만나기를 꺼렸다. 바울의 과거 행적에 따른 당연한 반응이었다. 이처럼 그동안 몸담고 충성하던 유대교 신도들로부터는 살해위협에 시달리고, 새롭게 입문한 기독교의 형제자매들로부터는 불신의 눈길로 따돌림당하는 애매한 신세가 되고 말았다. 그 딱한 바울 곁에 바나바가 있었던 것은 얼마나 다행이었는지 모른다. 바나바는 예루살렘에서 사도들을 직접 만나 난처해진 바울의 입장을 전하며 그를 받아들이길 설득했다. 바울에게서 다른 사도들이 보지 못하는 면을 보았기 때문이었을 것이다. 사도들은 바울의 과거, 즉 교회를 핍박하던 모습을 상기하며 두려워하고 그와 대면하길 꺼렸지만, 바나바는 바울에게서 바울의 부끄러운 과거 행적이 아니라 그를 부르신 주님의 계획을 이해하고 바울이 경험한 진지한 회심의 가치를 확인한 사람이다. 성경대로 이해하자면 그는 근본적으로 착한 사람이며 성령과 믿음이 충만한 자였다.

바울에 대한 斷想… 셋

편집부

편집부는 쉽고 간단하며 편리함만을 우선하여 바울의 이야기를 풀어 나가려 한다. 바울의 행적과 그의 서신들과 이방인들에게 복음을 전하기 위해 쓰임받은 바울의 이야기를 정리하는 것만으로도 실로 엄청나다. 해서 한달음에 달려갈 수 없어 이화종 장로님과 이원준 집사님에게 청탁을 하였다. 첨하여 쓰는 「바울에 대한 斷想… 셋」은 성경에 나와 있는 부분을 정리하여 옮겨 놓는 수준으로 한계를 정했다. 어떤 기준과 시선으로 바라보느냐에 따라 의견이 분분할 수 있지만 바울의 생애와 업적을 따로 떼어 내려다 보니 다소 경직된 기준과 시선이다. 독자의 양해를 구한다.

로마식 발음으로는 바울이지만 히브리어로 하면 사울이다. 그 호칭에 있어 사울이 바울로의 바뀜은 단순한 사건이 아니다. 또 한 사람의 인생이 바뀐 것에 그치지 않고 초기 기독교 복음 역사의 판도가 바뀐다. 그는 유대인으로 길리기아 다소에서 태어나 당대 최고의 율법사인 가말리엘의 문하에서 율법의 엄한 교훈을 받은 바리새파였다. 율법과 헬라어에 능통했다고 한다. 그래서 이방선교에 적합한 인물일지도 모르겠다. 바울은 나면서부터 로마 시민권을 가졌으며 육체의 가시가 있었음을 그의 서신을 통해 알 수 있다.

사울이 철저한 유대교도로서 기독교 박해에 누구보다 앞장선 것은 스데반의 재판과 순교에 열성적으로 참여했음으로 알 수 있다. 사울은 여기에 그치지 않고 위협과 살기가 등등하여 대제사장의 공문을 받아 예수의 도를 따르는 사람을 잡아 오려 길을 나선다. 그러던 중 다메섹에서 예수님을 만난다. 그 후 사도 바울은 유대교에서 기독교인으로, 박해자에서 복음 전도자로, 사도로서 삶의 위치와 방향이 완전히 뒤바뀐다.

다메섹은 바울의 회심장소로 아주 유명하다. 그런데 사도행전 9장 말씀을 읽을 때 각각의 예수님을 만난 다메섹이 떠올랐으면 좋을 것 같다. 바울과 같은 삶의 궤적을 그리며 살아갈 수 는 없을 터이다. 그러나 믿는 자들 각각 다메섹의 시공간이 마음에 있다면 혼탁한 세상을 살아갈 때 흔들리지 않은 수가 있지 않을까 생각이 들었다.

바울의 선교여행은 보통 1차, 2차, 3차 여행으로 설명된다. 확장하여 생각하면 바울의 선교여행은 5차까지 생각해 봄직하다. 1차 선교 여행 이전에 한 번, 로마 선교 여행의 과정까지 넣으면 그렇게 볼 수 있다. 그 내용을 살펴보기로 하자.

초기 여행(행 9~12장)

먼저 바울의 1차 선교 여행 전 초기 여행(행 9~12장)을 간단히 살펴보자. 그리스도인을 체포하러 다메섹으로 가는 길에서 사울은 개종을 한다.

아나니아에게 세례를 받아 사도로 세움을 받게 된 바울은 다메섹에서 즉시 예수를 전하기도 했다. 아라비아로 갔다가 다시 돌아와 예수님의 제자들을 만나기 위해 예루살렘으로 갔으나 사울이었을 당시의 행적으로 인해 제자들은 두려워했다고 한다. 그 후 바나바와 함께 안디옥 교회에서 이방인의 사도로 1년 동안 큰 무리를 가르쳤다.

1차 선교여행(행 13:1~14:28)

바울의 1차 선교여행(행 13:1~14:28)은 바나바와 요한 마가와 동행하였다. 그들의 이동경로는 2,245km 정도라 여겨지는 엄청난 거리다. 교통수단과 안전과 여행을 하기 위한 전반적 상황이 열악했던 시대임을 감안하면 대단한 선교여행인 것이다.

안디옥(수리아)-실루기아-바보(구브로)-살라미-바보-버가-안디옥(비시디아)-이고니온-루스드라-더베-루스드라, 이고니온, 안디옥-비시디아, 밤빌리아-버가-앗달리아-안디옥(수리아)-베니게와 사마리아를 거쳐 예루살렘을 방문하는 여정이었다. 소아시아 중남부의 유대교회당을 중심으로 전도했다.

(안디옥이라는 지명이 수리아 땅에도 있고, 소아시아 비시디아 근처에도 있다. 그래서 괄호 안에 따로 설명하였다.)

〈1차 선교여행의 주요 행적〉
• 구브로의 바보 : 바보의 총독 서기오 바울이 사울(사도 바울)과 바

나바를 통해 하나님 말씀을 듣고 예수를 영접하다.

- 비시디아 안디옥 : 안식일에 회당에 들어가 구약의 하나님의 은혜와 예수의 사역과 죽으심과 부활에 대해 설교하니 많은 이방인들과 유대인들이 복음을 받아들이다. 유대인들에 의해 쫓겨나다.
- 이고니온 : 회당에서 말씀을 증거했을 때 유대와 헬라의 무리가 믿으니 순종하지 않은 유대인 지도자들이 모욕하며 돌로 치려고 달려들었다.
- 루스드라 : 바울이 발을 쓰지 못하는 사람을 고침. 이것을 보고 바나바를 제우스라 하고, 바울은 헤르메스라 하여 제사하고자 하는 일이 일어나기도 했다. 유대인들이 무리를 충동하여 돌로 쳐서 바울이 죽은 줄 알고 끌어냄.
- 수리아의 안디옥 : 이방 선교 보고. 갈라디아서를 기록하다.

2차 선교여행(행 15:36~18:22)

바울의 2차 선교여행(행 15:36~18:22)은 실라, 디모데, 누가, 브리스길라와 아굴라가 동역자로 함께했다. 1차 여행보다 더 긴 4,490km에 달했으며 닿는 곳마다 전도의 역사가 불일 듯 일어나고 복음의 씨앗이 곳곳에 심겨져 새로운 선교의 장을 맞이하게 된다.

수리아와 길리기아-더베, 루스드라-브루기아와 갈라디아-(무시아를 지나) 드로아-사모드라게, 네압볼리, (마게도냐에 있는) 빌립보-암비볼리와 아볼로니아-데살로니가-베뢰아-아덴-고린도-겐그레아-에베소-가

이사랴-안디옥(수리아)에 내려오는 경로였다.

〈2차 선교여행의 주요 행적〉

2차 선교여행을 출발하기 전 바울과 바나바와 충돌이 일어난다. 바나바는 마가를 데리고 가고자 하나 바울을 그럴 수 없다 하였기 때문이다. 마가는 바나바의 조카로 알려졌다. 마가가 1차 선교여행 때 마지막 마칠 때까지 함께하지 않고 떠나 버렸기 때문이다. 그래서 결국 바나바는 마가와, 바울은 실라와 함께 따로따로 선교를 떠나게 된다.

- 루스드라 : 디모데를 만나게 되다.
- 드로아 : 마게도냐로 건너오라는 환상을 보다.
- 빌립보 : 자색옷감 장사 루디아와 그 집이 세례를 받음. 점치는 귀신 들린 여종을 고쳐 준 일로 감옥에 갇힘. 한밤중에 기도하고 찬양을 부르니 옥문이 열림. 간수의 가족 모두 예수 영접하다.
- 데살로니가 : 야손의 집에서 강론하다. 유대인들이 시기하여 불량한 사람들을 선동하여 성을 시끄럽게 함.
- 베뢰아 : 베뢰아에 있는 사람들은 데살로니가에 있는 사람들보다 더 너그러워서 간절한 마음으로 말씀을 받아 이것이 그러한가 하여 날마다 성경을 상고하므로(행 17:11). 유대인들이 무리를 움직여 소동을 일으킴.
- 아덴 : 범사에 종교가 많고 우상이 가득한 아덴은 그리스의 수도 아테나를 가리킨다. 아레오바고는 철학자들이 많이 머무는 장소였는데 바울은 그곳에서 설교했다. 아레오바고 관리 디오누시오와 다

마리와 몇 사람이 믿게 되었다.

- 고린도 : 아굴라와 브리스길라 부부를 만남. 안식일마다 회당에서 유대인과 헬라인을 권면하나 그들이 대적하여 비방함. 이후에 이방인에게로 가겠다 함. 회당장 그리스보가 온 집안과 더불어 주를 믿음. 고린도 사람도 듣고 믿어 세례 받음. 유대인이 바울을 법정에 세움.
- 안디옥 : 에베소, 가이사랴를 거쳐 돌아옴.

3차 선교여행(행 18:23~21:16)

바울의 3차 선교여행(행 18:23~21:16)은 디모데와 누가가 주 동역자가 된다. 4,345km를 걷는 엄청난 경로다. 에베소에서 중점적으로 선교한다.

갈라디아와 브루기아-에베소-마게도냐-빌립보-드로아-앗소, 미둘레네, 기오 앞 사모, 밀레도-고스, 로도, 바다라-두로와, 돌레마이-가이사랴-예루살렘으로 이어지는 여정이었다.

〈3차 선교여행의 주요 행적〉

- 갈라디아, 브루기아 : 지역을 돌며 모든 제자를 군건하게 하였다.
- 에베소 : 브리스길라와 아굴라가 아볼로를 만나 하나님의 도를 정확하게 알려 주다.
  에베소의 어떤 제자들에게 주 예수의 이름으로 세례를 받게 함.
  날마다 두란노 서원에서 강론하다.

하나님이 바울의 손으로 놀라운 능력을 행하게 하시다아데미의 신상모형을 만드는 은장색 데메드리오로 인해 큰 소동이 일어나기도 함.

- 드로아 : 죽은 유두고를 살리다.
- 밀레도 : 고별설교. 예루살렘에서 무슨 일을 당할지 알 수 없으나 결박과 환난이 있을 것임을 성령이 각 성에서 증언함.
- 두로 : 제자들이 성령의 감동으로 예루살렘에 가지 말라고 바울을 잡으려 하나 바울은 배에 오름.
- 가이사랴 : 일곱 집사 중 하나인 빌립의 집에 머물다. 처녀로 예언하는 빌립의 네 딸의 간곡한 만류에도 예루살렘으로 올라감.

마지막 로마 선교여행(행 21:17~28:31)

바울의 로마 선교(행 21:17~28:31) 여행은 통틀어 다섯 번째 여행이라고 하자. 이때 동행자로 나선 이들은 로마 백부장과 누가 외 몇 사람이 더 있는 것으로 보인다. 3,621km. 만만치 않은 이동경로였다.

예루살렘-안디바드리, 가이사랴-시돈, 무라, 니도-미항-가우다-멜리데-수라구사, 레게온, 보디올-압비오 광장과 트레이스 타베르네-로마를 거쳐 갔다.

〈로마 선교여행의 주요 행적〉
- 예루살렘 : 율법에 열성인 믿는 자들을 위해 결례를 행하고 그들을

위하여 비용을 내어 머리를 깎게 하고 그 후 성전에 들어가서 각 사람을 위하여 제사 드릴 때까지 결례 기간이 만기된 것을 신고함.

헬라인을 데리고 성전에 들어갔다 하여 바울을 잡아들임.

천부장이 허락하여 다메섹 도상의 회심과 예수님을 증거함.

바울이 로마 시민임을 밝힘.

바울을 죽이기로 맹세한 사십여 명으로 인해 가이사랴로 이동하기로 함.

- 안디바드리 : 총독 앞에 바울이 서다.

대제사장 아나니아가 바울을 고발하다. 바울의 변론. 감옥에 갇힘.

베스도가 부임 후 아그립바 왕과 버니게 앞에서 변론의 말과 더불어 전도하려 함. 바울의 로마 압송 결정.

- 미항 : 항해하기에 적합하지 않아 생명과 하물과 배에도 많은 손해를 끼칠 것이라 바울이 권하나 백부장이 귀담아듣지 않고 출항. 얼마 안 되어 유라굴로라는 광풍으로 큰 위험에 처하게 된다.

- 로마 : 압비오 광장과 트레이스 타베르네까지 형제들이 마중 나옴.

시간을 정해 바울의 셋집으로 오는 많은 이들에게 하나님의 나라를 증언하고 모세의 율법과 선지자의 말을 가지고 예수에 대하여 권하였다.

이태(약 2년) 셋집에 머물며 찾아오는 사람을 영접하고 하나님 나라를 전파하며 그리스도에 관한 모든 것을 거침없이 가르치다.

바울은 예수를 만나기 전과 후로 확연히 삶이 바뀐다. 우리도 그러한가. 우리의 신앙도 예수를 알기 전과 후의 모습이 세상이 알아볼 수 있을 정도로 바뀌었을까. 예수님을 영접한 후의 모습이 교회에 출석하는 정도에 머물러 있지는 않은가. 바울처럼 목숨을 아끼지 않고 멀리 가서 복음을 전하지는 못할 지라도 두 팔이 뻗어 그려지는 반경 안에서 예수를 전할 수 있기를 바란다. 그 좁은 반경 안에서라도 예수의 향기가 짙게 뿜어지기를 바란다.

깨달음

소년부 김은우

더위가 있어 시원함이 있고
추위가 있어 따뜻함이 있듯이
실패가 있어 성공이 있다

초코송이

소년부 김은우

과자가 초코 모자를 썼다
여름인데 모자가 녹지는 않을지

아무리 과자라 그래도
피부 건강은 챙기나 보다

근데 어쩌지?
우리가 널 보면 먹고 싶은데…

꿈

소년부 김은우

잠이 들면 엉뚱한 공연이 시작된다
말도 안 되고
뒤죽박죽 이상한 공연

즐기면 바로 끝나고
깨면 아무것도 생각이 안 나는
이상한 공연

언니

소년부 김은우

언니가 우는지
비가 폭포처럼 쏟아진다

"괜찮아"
라고 달래면

언젠가 괜찮아지겠지

친구들

내가 혼자 웅크리고 있을 때면
와서
위로도 해 주고
기싸움도 하다가
웃기고
이야기를 들어 준다

마치
봄바람처럼 따스한 그 말
부담스럽다 감동받는 그 말

은우야 괜찮아?

76   춤추는 원고지 3

출애굽, 따라 걷는다

편집부

시작글

　출애굽(Exodus)이 무슨 뜻이며 무슨 내용인지 교회를 다니지 않는 사람들도 다 안다. 애굽 왕 바로와 모세의 이야기, 10가지 재앙 이야기, 홍해 건너기, 만나와 메추라기, 구름기둥, 불기둥 이야기, 젖과 꿀이 흐르는 가나안 이야기를 모르지 않는다.

　어느 날 다른 종교를 가진 자들도, 예수를 믿지 않는 이들도 알고 있는 출애굽의 장엄하고도 엄숙한 믿음의 역사가 정작 우리들과는 상관없는 오래전 문서로 남겨진 유물이면 어쩌지 하는 생각을 했다. 불온하고 경건하지 않다. 바보 같은 질문은 내처 달려 성경에 익숙하다는 이유로 아주 오래전 모세 이야기 정도로 머물러 있는 수준은 아니겠지 하는 의심도 들었다. 이스라엘 노예들의 부르짖음을 들으신 여호와 하나님의 응답하심 정도로 이해해선 안 될 일이다. 창세기 15장에서 아브라함에게 말씀하신 약속이 이루어지는 그 순간까지 거슬러 올라가야 하지 않을까.

　오늘날 모든 면에서 자유롭게 살아가는 우리에게 영적인 애굽은 없을까? 짐짓 알지도 느끼지도, 눈에 안 보인다 하여 우리는 괜찮은 걸까? 우리는 신앙의 자유로움 속에서 맘껏 말씀을 보고 예배드리며 그리스도인이라 밝히며 살아간다. 언뜻 우리를 훼방하고 핍박하는 악한 세력은 없어 보인다. 절대 그렇지 않다는 것을 알고 있다지만 삐끗 방심하다 올바른 길에서 벗어나지는 않을까 걱정을 하면서 출애굽기를 읽어 보기로 했다.

생각은 엉켜 버린 실타래 같은 질문들을 마구 쏟아 냈다. 그런데 그 지점에서 또 다른 문제가 발생했다. 생각만으로 쫓다 보니 자꾸 길을 잃기도 하고, 생각이 끊어지는 일이 빈번해졌다. 해서 지도를 들여다보며 그 여정을 따라가 보았다. 11일이면 약속의 땅에 도착할 수 있음에도 왜 40년 동안 광야를 걷게 하셨는지, 복잡다단한 사건들과 인물들을 일직선 위에 옮겨 놓고 믿음의 역사가 어찌 흘러가고 있는지, 하나님께서 이스라엘 민족을 어찌 사랑하고 단련시키시는지, 이스라엘 백성들은 어떻게 하나님을 사랑하고 어떻게 언약을 버리게 되었는지, 무엇보다도 출애굽의 사건이 오늘 우리에게는 어떤 의미로 믿음의 교과서가 되어야 하는지 한 번쯤은 따져 봐야 할 성싶었다.

너무 당연한 이야기지만 애초에 품었던 생각대로 쉽게 풀어 나가지는 못했다. 난관이 많았다. 성경과 신학적 지식이 턱없이 부족함은 물론이고, 엉켜 있는 복잡하고도 심란한 실타래를 어디부터 손을 써야 할지 감도 잡을 수 없었다. '본래 의도한 바대로 잘 따라갈 수 있을까?' 하는 염려로 많은 시간을 허투루 보내기도 했다. 해서 도움을 받아 좋은 책을 수소문하고 지도를 구했다. 자료될 만한 것을 인터넷에서 뒤져 보기도 했다.

성경이 우선되는 안내서가 되어 줌은 당연했으나 여러 채널의 도움을 받았음을 미리 밝히는 바이다.

아브라함-이삭-야곱-요셉으로 이어지는 가계도는 어느 한 가정을 넘어 한 민족의 출애굽 역사의 중요한 전제가 된다. 창 12:1은 하나님께서 아브라함에게 "너의 고향과 친척과 아버지의 집을 떠나 내가 네게 보여 줄 땅으로 가라"고 말씀하시는 장면으로 시작한다. 보여 줄 땅이 가나안이라고 아브라함에게는 언급하지 않았으나 후대의 우리는 이미 알고 있다. 아브라함에게 약속하신 '젖과 꿀이 흐르는 땅, 가나안'은 하나님의 은혜이며 선물이다.

가나안 땅의 대부분 지역은 날씨가 건조하고 산과 바위가 많지만 바다를 따라 이어지는 해안 평야와 강 유역에는 비옥한 농지가 풍부하다고 한다. 12명의 정탐꾼들이 가져온 과일들을 보면 가나안 땅의 비옥함을 알 수 있다. 또 가나안 땅은 작은 면적이기는 하나 중요한 전략적 위치를 차지하고 있다. 이집트와 시리아 사이에 있는 가나안은 요르단 강과 지중해 연안이 각각 동쪽과 서쪽의 경계를 이루고 있다. 그리고 남쪽은 가자와 브에르 세바와 사해의 남쪽 끝과 접경해 있었고 북쪽은 옛 연안 국가인 페니키아와 접경을 이루고 있다.

아브라함 일행은 말씀에 순종하여 우르를 떠나 하란을 거쳐 세겜을 경유하여 창 12:5절에 가나안에 도착한다.

그리고 마침내 창 15장에 약속의 말씀과 더불어 장차 일어날 출애굽의(창 15:12~21) 엄청난 과정을 더하여 보여 주신다. 이것이 출애굽의 전제가 되는 역사고 말씀이다.

따라가는 글

• 출애굽기에서 보이는 여정
라암셋, 숙곳-에담-비하히롯 앞 바닷가(바알스본 맞은편)-홍해 건너-
수르 광야-마라-엘림-시내 광야

• 출애굽기 40장 이후부터 민수기에서 보이는 여정
다베라-기브롯 핫다아와-하세롯-바란 광야-가데스-호르산-이예아바
림 광야-세렛 골짜기-아르논 강 건너편-브엘-마사나-마할리엘-바못-비
스가산 꼭대기-바산길-모압 평지(여리고 맞은편)-싯딤

> 감독들을 그들 위에 세우고 그들에게 무거운 짐을 지워 괴롭게
> 하여 그들에게 바로를 위하여 국고성 비돔과 라암셋을 건축하게
> 하니라 (출 1:11)

> 이스라엘 자손이 라암셋을 떠나서 숙곳에 이르니 유아 외에 보행
> 하는 장정이 육십만 가량이요 (출 12:37)

1장과 12장 사이에는 애굽에서의 노예 생활과 모세의 태어남과 출애
굽의 전체 과정을 생생하게 보여 준다. 숙곳은 애굽 탈출 이후 이스라엘
백성이 처음으로 진을 쳤던 곳이다.

그들이 숙곳을 떠나서 광야 끝 에담에 장막을 치니 (출 13:20)

라암셋에서 북쪽 지중해 길로 가면 10일 정도의 빠른 길을 놔두고 하나님은 광야 길로 돌려 백성을 인도하신다. 혹시 쫓아올 애굽 왕 바로와 전쟁이라도 나면 이스라엘 백성이 다시 애굽으로 돌아갈 것을 염려함이라고 말씀하신다. 에담에 장막을 친 이후로 밤에는 불기둥, 낮에는 구름기둥으로 이스라엘 민족을 인도하신다. 매일, 매 순간 함께하시는 하나님을 뵙는 이스라엘 민족은 어떤 마음이었을까 궁금해지다가 문득 회초리 같은 아픈 생각이 지나간다. 그렇다면 우리에게는 구름기둥, 불기둥의 은혜가 없다는 청천벽력 같은 고백을 스스로 하고 있음이 아닌가? 시작글에서 말했듯이 출애굽의 역사가 그저 오래전 믿음의 조상들에게 일어난 일이라는 안일한 믿음을 들켜 버린 것이다. 시작부터 큰일이다.

이스라엘 자손에게 명령하여 돌이켜 바다와 믹돌 사이의 비하히
롯 앞 곧 바알스본 맞은편 바닷가에 장막을 치게 하라 (출 14:2)

이스라엘 민족이 그예 애굽을 탈출한 것을 알고 바로는 말할 것도 없이 정예부대를 이끌고 뒤쫓아 온다. 앞에는 바다요, 뒤에는 바로의 군대가 보이는 절체절명의 순간 이스라엘 백성이 할 수 있는 것은 무엇이었을까. 앞으로 가자니 물속에 빠져 죽는 것이고, 그대로 있자니 애굽의 군사들에게 속수무책 죽는 것 외에는 길이 없는 것이다. 원망 외에는 할 것이 없다.

그때 하나님은 모세를 통하여 "가만히 서서 여호와께서 오늘 너희를

위하여 행하시는 구원을 보라"고 말씀하신다. 일의 결말을 알고 있는 우리들도 눈앞에 보이는 바다와 애굽의 군사를 보고 '가만히' 있을 수 있었을까 하는 솔직한 의심 내지는 고백을 할 수밖에 없다. 그때 하나님이 일하시고 우리의 믿음이 작동한다. 하나님만을 절대적으로 신뢰하고 의지할 수밖에 없는 순간, 그 순간 필요한 것이 '가만히' 숨죽여 기대며 의지하는 믿음이 필요하다. 이것이 홍해 도하 사건이다. 이것이 홍해 도하의 은혜다. 살다가 거대한 물결이 일렁이는 홍해 앞에 주저앉아 있을 때가 얼마나 많았을까. 길은 보이지 않고 깜깜한 어둠에 여전히 갇혀 버린 그 순간에도 '가만히' 있어 보자. 아침이 올 것 같지 않아도 말이다. 일하시는 하나님을 '가만히' 기다리는 믿음을 소유해 보자.

> 모세가 홍해에서 이스라엘을 인도하매 그들이 나와서 수르 광야로 들어가서 거기서 사흘길을 걸었으나 물을 얻지 못하고 마라에 이르렀더니 그 곳 물이 써서 마시지 못하겠으므로 그 이름을 마라라 하였더라 (출 15:22~23)

문자적 의미로 광야는 사람과 동물이 살아갈 수 없는 곳이며 식물도 그 뿌리를 내리기 힘든 곳이라는 것을 모르지 않는다. 그러나 경험해 보지 않은 자들에게는 상상하기조차 한계가 명확하다. 장정만 60만 명의 이스라엘 민족이 사흘이나 광야를 걸었다는 것은 10가지 재앙을 내리신 하나님의 능력과 홍해를 건넌 은혜를 잊기에 충분했나 보다. 드디어 원망이 등장한다. 흔히 인생을 광야로 표현하기도 한다. 광야학교라는 말도 있다. 인간의 삶은 몇 번의 광야를 오랜 시간 걷기도 하고 마라와 같은 순간을 맞닥뜨리며 산다. 그 시간을 통해 순종을 배우고 하나님의 계명과 규례를 지키는 연단의 시간을 거치게 된다. 마라의 쓴물을 하나님이 단물로 고치시고는 "그들을 위하여 법도와 율례를 정하시고 그들을 시험하실새… 여호와의 말을 들어 순종하고 내가 보기에 의를 행하며 내 계명에 귀를 기울이며 내 모든 규례를 지키면… 나는 너희를 치료하는 여호와임이라"(출 15:25~26). 마라 앞에서 원망하는 이스라엘 민족에게 율례와 법도에 순종하면 고치시고 치료하는 여호와가 되심을 드러내어 말씀하신다. 그럼 우리가 할 일은 간단하다. 믿고 순종하면 되는 것이다. 그 간단한 언약을 매번 잊고 어기는 이스라엘 민족이고 오늘의 우리다.

그들이 엘림에 이르니 거기에 물 샘 열둘과 종려나무 일흔 그루가 있는지라 거기서 그들이 그 물 곁에 장막을 치니라 (출 15:27)

이스라엘 자손의 온 회중이 엘림에서 떠나 엘림과 시내 산 사이에 있는 신 광야에 이르니 애굽에서 나온 후 둘째 달 십오일이라 (출 16:1)

수르(술) 광야에서 마라의 쓴물이 변하여 물이 달게 되는 은혜를 입는다. 그리고 지금의 오아시스처럼 보이는 엘림에 이른다. 바로 연이어 신 광야에 들어가는 여정이 우리 인생여정과 흡사하다 말할 수 있을 것이다. 우리 인생과 믿음이 그렇게 일정한 패턴으로 오르락내리락이다. 애굽에서 나온 지 한 달하고도 보름이 지난 후 이스라엘 백성은 먹을 것으로 인해 본격적으로 원망을 한다. 수런수런 난리가 아니다. 여기서 '본격적으로'라는 표현은 단순한 투정이나 원망이 아니라 '근본적'임을 의미한다. 물론 먹는 음식은 생명과도 직결되는 것임을 충분히 이해한다. 그러나 애굽의 노예 시절이 좋았다고 하지 않는가. 고기와 떡을 배불리 먹을 때에 여호와의 손에 죽었더라면 좋았을 것이라 원망하는 이스라엘 민족을 보며 인간의 원죄가 떠올랐다.

하나님은 이스라엘의 원망을 다 들으셨다. 그 어떤 호통 없이 하나님은 아침에는 만나를, 저녁에는 메추라기를 보내 주마 말씀하셨다. 하나님의 은혜다. 그러면서 하나님은 '날마다 먹을 만큼'의 원칙을 정해 주셨다. 물론 여섯째 날은 두 배 거두어들였다. 거룩한 안식일을 지내기 위해서다. 그래야 살 수 있음이다. 매일매일 주시는 은혜가 없다면 인생은 뜨겁고 건조한 광야에서 사는 것과 무엇이 다를까 하는 생각이다. 그날의 만나로 충분한 것을 더 많이 더 크게 욕심을 부리며 살아간다. 우리 모두가 그렇다. 만나는 가나안 들어가기까지 40년 동안 이스라엘의 일용할 양식이 되었다. 이 세상의 삶을 다하고 하나님 나라 가기까지 '날마다 먹을 만큼'의 원칙을 잊지 않았으면 좋겠다.

> 이스라엘 자손의 온 회중이 여호와의 명령대로 신 광야에서 떠나
> 그 노정대로 행하여 르비딤에 장막을 쳤으나 백성이 마실 물이
> 없는지라 (출 17:1)

여호와의 명령대로 길을 나서 장막을 쳤는데 마실 물이 없다고 했다. 믿음을 지키며 신앙생활을 열심히 하는 중에 예기치 않은 어려움을 만

나는 경우를 어렵지 않게 본다. 타는 갈증과 목마름은 어찌할 것인가. 그 순간 이스라엘이 아주 잘하는 원망하는 모습을 볼 수 있다. 우리들 모습이다. 데칼코마니처럼 닮았다. 하나님은 모세에게 모세의 지팡이로 반석을 치라 명하시니 반석에서 물이 나온다. 하나님의 은혜로 문제가 해결이 되는 순간이다. 출 17:2을 보니 백성이 모세와 다투고, 여호와를 시험하였다고 모세가 증언을 한다. 또 출 17:7에 보니 그곳 이름을 므리바(다툼), 맛사(시험하다)라 불렀다 한다. 물이 없는 위급한 상황을 만나면 여전히 므리바 또는 맛사의 시간을 보내고 있지는 않은가? 무엇과 다투고 무엇을 시험하고 있는지 고민해 봐야 할 일이다.

> 그때에 아말렉이 와서 이스라엘과 르비딤에서 싸우니라 모세가 여호수아에게 이르되 우리를 위하여 사람들을 택하여 나가서 아말렉과 싸우라 내일 내가 하나님의 지팡이를 손에 잡고 산꼭대기에 서리라 (출 17:8~9)

아말렉과의 전투는 우리가 알고 있듯 매우 단순하나 흥미로운 드라마와 같다. 아말렉 입장으로는 대규모의 이민족(이스라엘)이 몰려오는 상황이 두렵기도 하고 반드시 물리쳐야 하는 생사의 전투일 것이다. 이스라엘 입장으로는 하나님의 명령을 따르다 보니 불가불 아말렉과의 전투를 해야 했다. 여호수아가 전투를 하는 동안 모세는 산꼭대기에 아론과 훌과 함께 오른다. 모세의 팔이 어디로 향하고 있는지에 따라 전투의 형세가 달라진다. 모세의 팔이 하늘을 향해 들면 이스라엘이 이기고 모세의 손이 내려오면 아말렉이 이긴다. 아론과 훌은 모세의 팔이 내려오지 않도록 돕고 있는 것이다. 등장하는 4명 모두 모세, 여호수아, 아론, 훌은 여호와의 군사가 된다. 전투가 끝난 후 모세는 제단을 쌓고 그 이름을 '여호와 닛시', 즉 '여호와는 나의 깃발'이라 했다.

믿음을 지키고 신앙인으로 살기 위해서 영적인 아말렉과의 싸움은 언제든 찾아온다. 어쩌면 싸움이 없는 믿음은 존재하지 않을지도 모른다. 어떤 모양으로든 영적 아말렉은 우리를 위협하고 하나님으로부터 떨어뜨리기 위해 갖은 노력을 할 것은 명약관화다. 그때 신앙인의 깃발을 높이 치켜세워야 한다. 또 모세, 여호수아, 아론, 훌과 같이 여호와의 군사가 되어 전쟁을 치러야 한다. 하나님이 우리의 팔을 들고 계심을 믿으면서 말이다.

> 모세의 장인이 그에게 이르되 네가 하는 것이 옳지 못하도다 너와 또 너와 함께 한 이 백성이 필경 기력이 쇠하리니 이 일이 네게 너무 중함이라 네가 혼자 할 수 없으리라 (출 18:17~18)

얼핏 이드로는 미디안 사람으로 제사장이며 모세의 장인이라는 사실 외에는 알려진 바가 없다. 이드로가 하나님을 믿는, 하나님을 섬기는 사람이었다는 확실한 기록은 없지만 모세가 출애굽의 전 과정에 개입하시고 은혜를 베푸신 하나님의 역사를 전했을 때 이드로는 '여호와를 찬송'하였으며(출 18:10) '여호와는 모든 신보다 크시'다(출 18:11) 고백을 한다.

편집부의 관심은 이드로의 보석 같은 조언이다. 이 조언은 교회 공동체의 일원으로 살아가는 우리에게 같은 가르침이 되기를 진심으로 바란다. 교회 공동체 안에는 크든 작든 모임이 있고, 그 속에는 질서가 필요하고 효율적 관리가 절실하다. 이드로는 모세에게 '율례와 법도를 가르쳐서 마땅히 갈 길과 할 일을 그들에게 보'(출 18:20)이라고 한다. '능력 있는 사람들 곧 하나님을 두려워하며 진실하며 불의한 이익을 미워하는 자를 살펴서 백성 위에 천부장 백부장 오십부장 십부장을 삼'으(출 18:21)라는 조언은 사람을 통해 일하시는 하나님의 뜻을 받드는 것이 아닐까 하는 생각을 한다. '그분의 목적에 따라 부르심을 받은 자들에게는 모든 것이 합력해서 선을 이루느니라'(롬 8:28)는 말씀도 생각이 난다. 홀로 하는 공동체는 답이 없다. 아무리 능력이 출중하더라도 종국에는 독불장군이 되어 일을 그르치기 쉽다. 얼마 전 교회를 이끌어 감에 있어 몇 사람만으로 일을 처리하는 것이 낫다고 생각하는 지도자 반열의 성도와 말을 섞은 적이 있다.

무슨 의도를 갖고 그리 말했다고는 생각지 않으나 기본적으로 갖고 있는 그의 생각을 듣고 많이 놀랐다. 그의 생각은 단절이고 '함께'의 개념이 아주 빈약하기 때문이다. 안타까움과 답답함이 마치 벽을 보고 말하는 같아 입이 쓰고 지금까지도 마음이 언짢다. 교회 공동체든 가정 공동체든 이드로의 간언은 귀하게 쓰임받기에 충분하다. 물론 혼자 감당하고 짊어지는 영역도 분명 존재한다. 그것은 개인의 믿음의 영역과 혼돈해서는 안 된다. 어느 공동체든 질서와 교육을 통해 '마땅히 갈 길과 할 일'(출 18:20)을 공동체의 일원들에게 보여 주어야 한다. 가르쳐 전승되게끔 해야 한다. 그럴 때 공동체 모두가 정치적 사회적으로 균등하고 평등한 삶을 살아가며 무너지지 않는 견고한 신앙 공동체를 유지할 수 있다.

이스라엘 자손이 애굽 땅을 떠난 지 삼 개월이 되던 날 그들이 시내광야에 이르니라 그들이 르비딤을 떠나 시내 광야에 이르러 그 광야에 장막을 치되 이스라엘이 거기 산 앞에 장막을 치니라 (출 19:1~2)

이스라엘 민족은 시내 광야에서 1년 정도 머문다. 시내 산 산기슭에 있는 시내 광야는 이스라엘 백성이 충분히 머물 수 있을 정도로 넓은 지역이라고 전해진다. 시내 산-시내 광야에서의 1년은 이스라엘 민족에게 엄청난 일들이 일어나는 장소고 시간이다.

시내 광야에서 이스라엘이 장막에 머물고 있는 동안 하나님은 모세를 따로 시내 산으로 부르신 후 드디어 그 깊은 속을 내비치신다. 시내 산으로 올라온 모세에게 하나님께서는 "내가 애굽 사람에게 어떻게 행하였음과 내가 어떻게 독수리 날개로 너희를 업어 내게로 인도하였음을 너희가 보았느니라 세계가 다 내게 속하였나니 너희가 내 말을 잘 듣고 내 언약을 지키면 너희는 모든 민족 중에서 내 소유가 되겠고 너희가 내게 대하여 제사장 나라가 되며 거룩한 백성이 되리라"(출 19:4~6)는 말씀을 하신다.

라암셋을 출발한 이후 하나님은 특별한 말씀이 없으셨다. 광야를 지날 때 구름기둥, 불기둥으로 지키셨고, 홍해를 건너게 하셨으며, 물과 먹을 것을 제공하셨고, 전쟁에서 승리하게 하셨다. 그런데 지금 하나님은 그 모든 것을 상기시키면서 하나님의 소유가 되며 제사장 나라가 되며 거룩한 백성이 되기를 제안하시는 것처럼 보인다. 그것이 하나님의 원대한 계획이었고 창세기 12장과 15장에서 아브라함에게 말씀하신 약속한 내용이다.

또한 시내 산은 출애굽기 19장부터 40장까지의 말씀이 선포되는 배경이 되는 주요한 공간이 된다.

출 20:1~17에서는 십계명을, 출 20:21~23:19은 언약법전이라 하여 제단에 관한 법, 종에 관한 법, 폭행에 관한 법, 임자(주인)에 관한 법, 배상에 관한 법, 도덕에 관한 법, 공평에 관한 법, 안식년과 안식일에 관한 법, 세 가지 절기에 관한 법을 세세하고 엄격하게 말하고 있다. 십계명은 으뜸이고 근간이라 말할 수 있다. 십계명 중에서 하나에서 네 번째까지는 하나님과의 관계에서 필요한 것이고, 다섯에서 열 번째까지는 인간사회에서 필요한 계명들이다. 익히 알고 있듯이 함께 주신 여러 언약 또한 공동체 삶을 살아갈 때 필요한 기본질서다. 이것들은 인간을 제약하거나 억압하기 위한 수동적 내용이 아니다. 오히려 신앙 공동체의 굳건한 유지를 위함과 동시에 주체적이고 능동적인 일원으로 자신을 지킬 수 있는 법의 내용들이다.

출 25:1~30:38에는 성소를 지을 예물, 증거궤, 진설병을 두는 상, 등잔대와 기구들, 성막, 제단, 성막의 뜰, 등불 관리, 제사장의 옷, 판결흉패, 제사장의 또 다른 옷, 제사장의 직분 위임, 매일 드릴 번제, 분향할 제단, 회막 봉사에 쓰는 속전, 놋물 두멍, 거룩한 향 기름, 거룩한 향에 대한 규례를 말씀하신다.

출 31:1~11에는 브살렐과 오홀리압을 지명하여 부르시는 장면이 나온다.

출 31:12~18에는 안식일을 지키라는 명령과 하나님께서 친히 쓰신 증거판에 대한 짧은 소개의 글이 나온다.

출 32:1~33:23에는 유명한 금송아지 사건이 기록되어 있다. 불순종과 불법과 불의한 모습이 적나라하게 드러난다. 모세가 하나님이 친히 쓰신 돌판을 산 아래로 던져 깨뜨리는(출 32:19) 장면에서는 언약이 산산조각 깨지는 것 같은 비통함이 느껴졌다. 금송아지는 어떤 의미로는 원죄처럼 선명하게 각인되었다. 틈만 나면 핑계와 변명과 거짓으로 금송아지를 만들어 춤을 추고 노래를 하는 모습이 오래도록 남는다.

출 34장 이후에는 두 번째 돌판을 들고 시내 산으로 오르는 모세의 모습이 그려진다. 안식일 규례를 비롯해서 25장에서 31장까지 다루었던 말씀이 다시 한 번 나온다.

마지막 40장에서도 가나안은 아직 멀다. 계속되는 쫓김과 전투와 배고픔과 목마름뿐이다. 탐심과 거짓과 우상과 예배하지 않는 이스라엘은 여전히 광야에 있다. 여전히 애굽의 노예 신분이다.

노예 생활을 청산하고 하나님의 주신 약속의 땅으로 가는 긴 여정의 시작을 알리는 의미로 출애굽을 이해한다면 부족할 것 같다. 광야라는 특별한 공간을 통해 하나님만을 절대적으로 신뢰하는 온전한 계약백성으로 만들겠다는 하나님의 뜻과 사랑이 보인다. 젖과 꿀이 흐르는 가나안으로 이스라엘 백성을 인도하는 과정이다. 노예근성을 가진 모습으로, 죄인의 모습으로는 가나안에 들어갈 수가 없다. 그래서 말씀으로 단련되고 죄 씻음의 광야학교가 필요했던 것이다. 출애굽기를 읽으면서 이스라엘을 향한 여호와 하나님의 사랑이야기일 수도 있겠다는 생각을 했다. 출애굽기를 읽는 목적이 되고 의미를 찾기를 진심으로 소망한다.

맺음의 글

　소망하기는 출애굽의 긴 여정이 말씀을 읽음으로도 유익하겠지만 삶 속에서 믿음의 길이 되기를 바랄 뿐이다. 또한 우리를 살피고 믿음을 점검해 봐야 하는 여정이 되기를 바란다. 믿음을 지키고 말씀대로 살기 참으로 힘든 세상이다. 세상은 악한 속내를 감출 필요도 없이 노골적이고 세밀하게 속삭이며, 사단의 공략은 전방위적으로 거세어졌다. 가만히 있다가는 속수무책으로 당할 수밖에 없다. 늘 깨어 있어야 한다는 말씀을 잊지 말고 정신 차려야 한다. 어떤 순간에도 성경말씀의 어느 페이지 안에 있어야 한다. 출애굽의 전 과정을 살펴보는 것은 그러한 신앙적 다짐의 첫발이다.

　노예 생활 하는 것이 오래전 이스라엘 민족에게만 해당되는 것인지? 휘황찬란한 오늘을 살고 있는 우리는 진정 자유로운가? 압박하고 강제하여 하나님을 아는 것과 믿는 것을 방해하고 있는 것은 없는지? 아론의 금송아지와 맞먹는 금송아지는 우리 마음에 혹은 우리 집에 없는지 두렵지만 뒤져 보고 점검해야 한다.

여름 바다

쏴쏴 여름바다
차가운 손으로 아이의 발을 어루만지네

시원한 바람이 살랑살랑
바다가 파도치네

파도가 잠들자
아이가 물속으로 첨벙첨벙
엄마가 아이를 데리러 오자
아이는 아쉬운 듯
바다를 물끄러미 바라보다가

바다야 또 보자!
하고
인사한다

성경책

소년부 전하율

복음이 가득한 성경책
하나님 말씀 가득한 성경책

믿으면 예수님과 가까워지는 성경책
믿으면 하나님과 가까워지는 성경책

천국에 갈 수 있는
하나의 길인
성경책

하나님 나라

소년부 전하율

부자도 갈 수 없는 하나님 나라
예뻐도 갈 수 없는 하나님 나라

하나님 믿어야 갈 수 있는 나라

하나님 믿어도 나쁜 짓 많이 하면 못 가는 나라
부모님 말 안 들어도 못 가는 나라

죄를 회개하고 기도하며
성경대로 살아야 갈 수 있는
하나님 나라

하나님나라의 도전

정옥경

    우리는 모두 행복을 추구하고 갈망한다. 그러나 젊은이는 젊은이대로 나이 든 이는 나이 든 이대로 행복하지 않다.

    오늘날의 지식과 정보는 특수계층만 소유하는 게 아니라 일반 대중도 공유하는 것이 되었다. 하지만 지식의 양이 늘면 인간사회의 문제가 줄어들 것이라는 순진한 기대와 달리 지능형 범죄가 점점 더 늘어나고 있다.

    경제적으로 부유해지면 행복해질 거라고 생각한다. 그러나 우리는 경제가 발전한다고 행복해지는 것이 아님을 잘 안다. 우리나라는 재정적으로는 극빈국에서 선진국 반열에 올랐다.

    그러나 우리는 불행하다. 자살률은 세계 최고 수준이고 출산율은 최저다. 경제가 사람을 편하게 할지는 몰라도 평안과 행복을 가져다주지는 못한다.

    우리는 모두 행복해지고 싶어 한다. 그런데 어느 시대든, 그 시대를 살았던 사람들은 그들이 원했던 삶을 찾지 못했다. 우리 개인의 문제는 우리가 살고 있는 세상과 연결되어 있다. 그래서 우리는 가끔이라도 우리가 살아가는 세상이 왜 이런지, 그리고 이 속에서 어떻게 살아야 하는지를 질문해야 한다. '우리는 모두 행복한 삶을 추구하는데, 왜 행복을 누리지 못하는가'에 대한 답을 찾으려면 현상보다는 본질에 집중해야 한다. 평생 생명을 다해 사랑하겠다는 부부도 사소한 일에서부터 차이를 보이면서 서로를 인정 못 하는데, 그 이유는 자기중심적으로 생각하기 때문이다.

대부분 사람은 弱肉強食의 논리가 지배하는 세상과 인간관계를 혐오한다. 본능적으로 우리는 강자가 약자를 지켜 주는 것을, 많이 가진 자가 적게 가진 자와 나누는 것을 옳다고 생각한다. 그러나 세상은 우리 생각과는 다르게 움직이고 그 속에 있는 개인은 그 논리를 따를 수밖에 없다. 그런데 성경의 하나님은 자신을 '과부와 고아와 나그네들의 하나님'이라고 한다. 강자의 우위가 당연한 세상에서 성경의 하나님은 세상에서 약한 사람들, 힘이 없어서 자신을 보호할 수 없는 사람들, 그들의 편이라고 말씀하신다.

사람의 노력이 무의미한 것은 아니지만, 인간이 강자와 약자가 되는 것은 후천적 노력보다는 선천적 조건들, 타고난 여건들이 더 큰 영향을 끼친다는 사실을 깨달았다. 하나님은 세상의 주인이시고 모든 사람에게 모든 것을 주신 분이므로 내가 받은 것을 내 것으로 주장하지 않고 이웃과 세상을 위해 사는 것이 마땅하다. 그래서 하나님은 강자들의 횡포를 결국에는 심판하시며 약자 편을 드시는 것이다. 하나님 중심의 세상을 인간의 자기중심적 세상으로 바꾸어 놓았다는 것이 성경의 설명이다. 원래 하자님이 의도하신 창조의 원리를 인간이 무시하는 바람에 인간이 자기중심적이 될 수밖에 없었다고 성경은 설명한다. 무엇보다 인간은 하나님의 피조물이고 하나님이 피조세계 전체의 주인이라는 것이다.

두 번째로 인간은 다른 동물과 달리 인격적 존재로 창조되었다. 하나님의 형상이란 知情意를 바탕으로 하나님과 소통할 수 있다는 뜻이다. 하나님의 뜻을 이해하고 반응할 수 있으며 그 뜻을 따를 수도 거절할 수도 있는 존재라는 것이다.

세 번째로 하나님은 하나님의 형상으로 지어진 인간에게 하나님 대신에 피조 세계 전체를 관리하도록 위임하셨다.

하나님이 모든 것의 주인임을 인간이 인정하고 하나님을 알아 가면서 하나님을 최고의 권위로 인정할 때 하나님으로부터 지혜와 사랑과 능력을 부여받는다. 인간이 저지른 잘못이 두 가지가 있는데, 그중 하나는 생명의 근원이 하나님을 버린 것이다. 두 번째 잘못은 물 없이 살 수 없는 자신을 위해 하나님을 대신할 다른 웅덩이를 파는 것이다. 인간은 무엇이든지 자기 마음을 위로하고 자기 마음을 잡아 줄 수 있는 어떤 존재가 필요하다. 인간은 '유사 神'이 필요하다. 어떤 사람은 돈으로 가능하다고 생각해 돈을 인생의 중심에 놓는다. 내 삶의 돌파구를 찾고 싶다면, 길을 잃은 인류 문명이 길을 찾고 싶다면 깨진 웅덩이, 물이 새서 결코 나와 인류를 생존하게 할 수 없는 깨진 웅덩이를 직면해야 한다. 인간이 길을 잃은 것은 인간에게 생명을 줄 수 있는 유일한 존재인 하나님을 자신의 인생과 우주의 중심에서 제거해 버렸기 때문이다.

성경의 하나님이 원하는 것은 신에게 자신이 원하는 바를 들어 주도록 만드는 종교 행위가 아니라, 하나님을 알고 변함없이 사랑하는 것이다. 하나님을 떠나서 깨지고 고통이 가득해진 세상을 치유하기 위해 하나님이 쓰신 방법은 무엇일까? 하나님은 가장 근본적 원인인 하나님과의 관계를 회복하기 위해 사랑하는 관계를 회복하신다. 하나님께 나아가는 사람, 곧 하나님을 찾는 사람은 가장 먼저 하나님이 계시다는 사실을 믿어야 한다. 깨진 관계를 회복하려면 믿음의 회복이 가장 중요하다. 하나님이 인간에게 기대하는 것은 우리가 하나님을 알게 된 만큼 전인격적으로 반응하며 따라가는 것이다. 그래서 믿음이 중요한 것이다. 이 믿음은 하나님이 세상을 이끌어 가시는 가장 중요한 원리이며, 동시에 하나님이 세상을 회복해 나가는 일에 우리가 참여할 수 있는 가장 중요한 방법이다. 하나님께서 아브라함을 부르신 것은 하나님과 인간이 관계를 회복하고 발전시키는 근본 원리를 보여 주기 위해서였다.

이스라엘을 제사장 나라로 부르신 하나님은 오늘날 우리 모두가 제사장이 되기를 기대하신다. 자신의 弱함과 惡함과 不足함을 깨닫고, 이런 자신을 찾아오신 하나님을 진심으로 알아 가며, 하나님과의 새로운 관계에 기초해 가장 인간적이고 아름다운 삶을 살아가는 우리를 바라신다. 이런 우리를 통해 하나님을 아직 알지 못하는 이들이 하나님의 찾아오심에 반응할 수 있도록 돕는 것이 인간을 향한 하나님의 뜻이다. 진실하게 하나님을 찾고 깨달은 만큼 진실하게 반응하는 것만이 하나님을 알아 갈 수 있는 유일한 방법이다.

마지막 때에 악한 세상을 심판하고 깨진 세상을 회복하기 위해 하나님은 자신의 종을 보내겠다고 말씀하신다. 이 종을 메시아라고 부른다. 메시아는 '주님의 날'에 세상에 나타나 세상을 심판하고 세상을 회복하는 하나님의 종이다. 하나님께서 오셔서 하시는 첫 번째 일이 갚아 주는 것, 곧 심판하는 일이다. 하나님을 떠나서 하나님 아닌 것을 神으로 삼고, 자신이 가진 힘으로 자기보다 약한 이들을 괴롭히며, 정의를 구부려 불의로 만드는 모든 사람을 심판하겠다고 말씀하신다.

우리 한계와 문제를 해결해 주는 메시아를 갈망하는 본능은 하나님이 인간을 하나님과의 관계성 속에서만 존재할 수 있도록 창조했기에 나타나는 특징이다. 하나님은 세상에 메시아를 보내어 인류 역사에 개입하겠다고, 이를 통해 깨진 세상과 자기중심성이 빠진 인간과 관계를 회복하는 길을 열겠다고 계획하시고 실행하신 분이다. 하나님이 인간의 역사에 개입한 사건이 예수 사건이다. 하나님은 메시아 예수로 오셔서 인류 역사에 분기점(B.C./A.D.)을 만든다.

　하나님을 제거한 후에 자기중심성에 빠져 자신과 세계를 감당하지 못했던 인류를 향해 예수는 하나님이 중심이 되는 새로운 나라를 실제로 보여 준다. 그로 인해 오래전부터 기다려 왔던 하나님나라의 실체가 드러난다. 하나님나라의 시작은 너무도 작다. 그다음에 惡과 공존하는 성장 과정을 거치고 결국에는 惡에 대한 마지막 심판과 완전한 회복이 있다. 하나님나라는 이미 시작되어 성장하겠지만, 마지막 완성은 예수께서 다시 오실 때 이루어진다고 가르친다. 메시아 예수를 믿고 하나님나라를 받아들인 사람이 하나님나라를 자신의 인생과 세상 속에서 살아낼 때, 하나님나라는 확장되어 간다.

　예수께서는 지난 이천 년간 쉬지 않고 일하시는 중이다. 예수는 지금도 일하시고 사람들을 찾아가셔서 그들을 초대하신다. 이미 시작된 하나님나라로 들어가 깨진 세상의 한 부분에서 벗어나라고, 깨어진 세상을 치유하고 회복하는 하나님을 먼저 경험하라고, 그리고 하나님과 함께 그 회복의 일에 동참하라고 촉구하신다. 이런 하나님에 관해 안 만큼 진실하게 반응하기를 원하신다. 예수께서 우리 각자를 찾아오셔서 선포하고 가르치신 하나님나라에 어떻게 반응할지가 우리의 과제다.

하나님나라가 가까이 왔다고 선포한 예수가 우리에게 요청하는 반응이 회개다. 회개란 하나님나라가 메시아 예수로 말미암아 시작되었다는 사실을 깨닫고 나 중심으로 사는 어리석음과 위험성을 발견하고는 하나님께로 돌아서는 것이다. 자신이 중심인 인생이 아니라 하나님이 중심인 삶으로 방향을 전환하는 것은 위대한 결단이다.

왜 예수는 죽어야만 했을까? 죄인을 향해 쏟아지는 하나님의 심판을, 우리가 방향 전환을 하고 돌아섰을 때 직면하게 되는 심판을 우리에게서 거두시려고 대신 죽으신 것이다. 예수께서는 섬김을 받으러 세상에 온 것이 아니라고 말씀한다. 추앙받고 섬김을 받기 위해서가 아니라 많은 사람을 구원하기 위한 몸값으로 자신의 목숨을 내주러 왔다고 선명하게 선언한다. 예수의 생명은 우리의 몸값이었다. 하나님을 무시하고 자기중심으로 사는 반역의 罪를 저지른 우리는 심판의 대가로 우리 자신의 몸값을 지불해야 하는데 심판하러 오신 메시아가 지불할 능력이 없는 우리를 대신해서 몸값을 지불했다는 것이 성경의 주장이다. 이것이 우리에게 '福音' 곧 좋은 소식이다.

하나님이 자신의 외아들을 메시아로 보내서 죽게 하신 이유는 우리를 살리기 위한 것이었지만, 동시에 하나님의 정의를 이루기 위해서였다. 정의 위에 사랑이 존재한다. 예수께서 십자가에서 죽으신 이유는 우리 罪 곧 우리의 자기중심성의 대가를 몸소 지기 위해서였다. 그 결과 우리는 罪에는 죽고 義에는 살게 되었다. 義에 대하여 산다는 것은 하나님께서 인정하셔서 하나님과 살아 있는 관계를 맺는 것이다. 그러므로 義에 대해 살았다는 것은 이제 하나님 중심으로 살 수 있다는 것이다. 자기중심적 삶에는 죽고 하나님 중심적 삶에는 사는 것이 바로 하나님나라에 들어가는 것이다. 이 놀라운 축복을 위해 예수께서 죽으셨다. 잘못된 것, 불의한 것에 대해서는 대가를 지불해야 한다. 이것이 정의의 가장 기본적인 개념이다.

하나님을 무시하고 자기 소견에 옳은 대로 살아가던 사람도 회개하고 메시아 예수의 복음을 믿으면, 하나님의 존전에서 살 수 있는 福, 곧 하나님 중심의 삶을 누리게 된다. 천지를 지으신 하나님이 인간을 위해서, 누구보다 나를 대신해 죽으셨다는 사실을 진심으로 받아들인다는 것은 놀라운 福이다. 우리가 지불할 수 없는 죄의 대가를 그 존귀하신 분이 대신 지시며, 우리를 하나님 앞에서 산 자로 만들려고 하셨다는 사실은 너무 커서 인간의 머리로는 이해하기 힘든 하나님의 사랑이다. 이러한 사랑을 어렴풋하게라도 깨닫고 그 사랑을 받기 시작한 사람은 변한다. 들어갈 수도, 살아 낼 수도 없는 하나님나라에 우리를 들어가게 한 것이 바로 '福音'이다.

지금까지의 내용을 정리하면 다음과 같다.

1. 하나님의 세상 창조 : 하나님이 세상을 인격적으로 창조하셨다. 하나님은 세상을 만들 때 인간을 동물 중 하나가 아니라, 하나님과 인격적 관계를 맺고 하나님의 주권을 인정할 수 있는, 그래서 하나님의 다스림하에서 세상을 다스릴 수 있는 독특한 존재로 만드셨다.
2. 인간의 죄 : 인간은 하나님을 몰아내고 자기가 주인이 되었기 때문에 하나님과의 관계가 끊어졌고, 인간의 자기중심성은 개인과 사회, 더 나아가 생태계에 이르기까지 모든 것을 깨뜨리고 있다.

3. 메시아 예수 : 메시아 예수가 인간의 가장 본질적 문제인 하나님과의 관계를 회복하기 위해 오셨다. 그는 하나님나라를 가르치셨고, 자신의 죽으심과 부활을 통해서 하나님나라를 이 세상에 시작하셨다. 메시아 예수의 죽음은 타협할 수 없는 하나님의 정의와 지극한 하나님의 사랑을 보여 준다.

4. 회개와 믿음 : 자기중심적 삶에서 하나님께로 돌아서는 것이 회개다.

돌아선 자가 메시아 예수를 통해 주어지는 하나님나라를 받아들이는 것이 믿음이다. 내겐 아무런 자격이 없지만, 나를 사랑하시고 세상을 변화시키고 계신 메시아 예수가 나의 몸값을 대신 지불하셨음을 믿을 때 우리는 하나님나라에 속한 백성이 된다. 하나님나라에 들어가는 자격이 있다면, 그것은 자신의 자격 없음을 인정하고 하나님의 선물을 믿음으로 받아들이는 것이다. 우리를 극진하게 사랑하시는 하나님이 존재한다면, 인생은 그 하나님을 알아 가는 과정이다. 하나님을 알아 가는 만큼 믿음으로 반응한다. 안 만큼 믿게 되고, 믿은 만큼 삶은 변화한다. 하나님나라의 도전을 받아들인다는 것은 인생의 방향을 전환한다는 뜻이다. 하나님나라의 도전을 진실하게 받아들인다는 것은 하나님을 향해 돌아선다는 것이다. 깨어진 세상의 한 부분으로 살기를 거부하고 그 세상을 회복하려는 하나님 편에 서는 삶의 방식을 택하는 것이며, 이것이 진정한 회심이다.

결국 기독교의 본질적 메시지는 깨진 세상 속에서 어떻게 살 것인가와 잇닿아 있다. 성경의 하나님은 우리가 사는 세상과 그 속의 나를 정직하게 바라보라고, 그 난세 속에서 일하시는 하나님 편에 서라고 가르친다.

하나님을 무시하는 세상 속에서 세상과는 다른 종류의 삶을 선택하라고 우리에게 도전하신다. 성경의 하나님을 참으로 알기 원한다면, 진정한 그리스도인이 되기 원한다면, 우리가 사는 세상을 정직하게 직면하는 데서 시작해야 한다. 세상 앞에 서서 세상을 정직하게 바라보아야 한다. 우리가 사는 세상을 어떻게 바라보는지가 결국 우리 인생을 결정짓는다고 해도 과언이 아니다. 하나님과의 관계가 단절되었기 때문에 삶의 목적도, 삶의 방식도 자기중심적이라는 것, 그래서 아는 만큼 살지 못할 뿐 아니라 자기 합리화에도 능하다는 사실을 정직하게 바라보아야 한다. 자신을 있는 모습 그대로 직면하는 것은 중요하다.

하나님께로 돌아선 사람, 곧 회개한 사람은 정의로운 하나님께서 하나님을 배신한 인간을 향해 베푸신 사랑을 십자가에서 은혜로 발견한 사람이다. 그리스도인이 된다는 것은 인생의 가장 중요한 축을 어디에 둘지를 결단하는 것이다. 하나님을 중심으로 하고 싶으면 자격 없는 자를 위해 베푸신 은혜를 하나님의 고귀한 선물로 받아들이기로 결단하는 것이다. 인생의 수많은 결정 중에 가장 중요한 결정이 둘 있다면, 결혼과 직업이 아닐까. 하지만 이보다 더 중요한 결정이 있다. 그것은 천지를 지으시고 우주를 지으시고 세상을 이끌어 가시는 하나님에 대해 자신의 입장을 결정하는 것이다. 진실하게 결단하고 하나님을 향해 돌아선 사람에게 하나님께서는 하나님의 靈이신 성령을 선물로 주신다. 하나님의 영은 우리가 五感으로 느낄 수 있는 존재를 넘어서는 분이니 나의 체험 여부는 중요하지 않다. 내가 세상과 자신을 진실하게 직면하고 하나님께서 나 자신을 위해 하신 일을 진실로 받아들일 때, 하나님의 靈은 우리와 영원히 함께하신다. 하나님께서는 회개하고 예수를 메시아로 받아들이기로 진심으로 결단한 사람에게는 성령을 주시겠다고 약속하셨다. 이 약속을 어떤 체험이 있든 없든 받아들이는 것이 믿음이다.

우리의 신앙은 체험이 아니라 하나님의 약속에 기초해야 한다. 우리의 믿음은 내가 믿고 싶은 것이 아니라, 하나님께서 우리를 위해 이미 하신 일과 앞으로 하시겠다는 일에 기초한다. 진정한 회심은 진리에 대해 믿음으로 반응할 때 일어난다. 세상과 나의 문제점을 직면하고 하나님의 은혜를 믿음으로 받아들이고, 진실하게 하나님을 따르겠다고 결단할 때, 선물로 오시는 성령님을 역시 믿음으로 인정할 때, 진실한 회심이 일어난다.

성경의 하나님은 우리가 일요일에 한 번 교회에 나가고 그저 착하게 살라고 자기 아들을 보내서 십자가에서 죽게 한 것이 아니다. 하나님 없이 약육강식의 방식으로 살면서 깨지고 망가진 세상을 심판하고 회복하기 위해 예수를 이 세상에 메시아로 보내셨다. 예수를 중심으로 하는 새로운 나라를 시작하셨고, 세상의 평범하고 부족한 자들을 그의 나라로 초대하신다. 그의 나라를 받아들인 이들에게는 그의 靈이신 성령을 선물로 주시겠다고 약속하신다.

이 같은 하나님나라의 도전은 우리에게 하나님의 선물을 받을 기회가 될 수 있다. 성경에서 가르치는 예수의 사상에 따르면, 가장 중요한 것은 '어떤 체험'을 했는지가 아니라, '어떤 진리'를 받아들였는지다. 체험은 받아들인 진리로 인해 따라오는 것일 뿐, 추구해야 할 목표가 아니라는 것이다. 교회는 예수의 죽으심과 부활로 시작된 하나님나라를 받아들이고, 하나님의 다스림 아래에서 살아가는 사람들의 공동체다. 하나님을 부인하는 세상에서 살고 있지만, 그 세상에 속하지 않고 하나님나라에 속하여 살아가는 사람들은 연대하여 공동체를 형성할 수밖에 없다. 그들의 공동체가 교회다. 예수를 믿는다는 것은 하나님나라 백성으로 산다는 것이며, 또한 그것은 세상 속에서 하나님나라 백성의 공동체로 산다는 것이다. 하나님나라에 속한다는 것은 하나님의 다스림을 받기 시작한다는 것이고, 그래서 내가 변화하기 시작한다는 것이다. 내가 변화하고 성장하기 시작하면, 당연히 이러한 삶을 모르는 사람들을 돕고 싶은 마음이 들고, 실제로 그러한 삶을 시도하게 된다. 작은 일이라도 내가 할 수 있는 일을 찾기 시작하는 것이 하나님나라 대안 공동체에 속한 사람들의 특징이다. 하나님나라를 먼저 발견한 사람으로서 내가 받은 것들을 나보다 어렵고 힘든 사람들, 특히 하나님나라를 아직 발견하지 못한 사람에게 전하며 사는 것은 그 나라 백성의 축복이며 특권이다.

그리스도인이 된다는 것은 예수께서 말씀하신 대로, 세상의 소금과 빛이 되는 것이다. 그 영향력이 얼마나 큰지는 그리 중요하지 않다. 하나님이 각 사람에게 주신 달란트가 다르니, 소금의 짠맛이 끼치는 정도와 빛의 밝기와 크기 역시 주신 분에게 달렸다. 자신에게 주어진 한 사람을 사랑하는 일에서부터 우리는 주님의 사랑을 배운다. 그러면서 우리의 영적 성숙은 깊어져 간다.

결국 하나님나라 백성이 되었다는 것은 이 세상을 회복하고 치유하시는 하나님의 사역에 동참한다는 것을 의미한다. 하나님의 심판이 유예된 동안, 마지막에 세상을 완전하게 회복하실 때까지 자신에게 주어진 것들로 자신에게 주어진 사람들을 섬기며 자신의 소임을 다하며 살아가는 것이다. 건강한 공동체의 특징은 진리와 사랑이다. 즉 메시아 예수가 가르친 진리와 그가 보여 준 사랑이 공동체의 기초이며 삶의 모습이다.

난 참으로 運이 좋은 사람 중에 한 사람이다. 우리 세대는 본인만 열심히 노력하면 개천에서 龍이 나오기도 하고, 한번 잡은 직장을 평생직장으로 안정적인 생활을 하며, 정년을 보장받고 은퇴 후 여유로운 노후의 여생을 살기도 했다. 그러나 오늘날 대다수 청년들은 일류대학에 들어가 졸업을 하고 스펙을 쌓아도 평범한 직장 하나 잡기 어려운 시대에 살고 있다. 참으로 암울하고 안타깝다. 어쩜 나는 시대에 편승해서 이러한 것들을 누리며 지금까지 잘 살아왔는지도 모른다.

그러나 세상적으로 보면 내가 누리고 있는 모든 것이 내가 잘나서 된 것은 하나도 없다. 모든 것이 하나님의 은혜이고 하나님의 인도하심으로 가능하였고 감사할 뿐이다. 나를 罪에서 구원해 주신 하나님께 보답하는 길은 하나님을 삶의 우선순위에 두고, 하나님을 더 깊이 알아 가도록 말씀에 귀 기울이며, 하나님을 안 만큼 믿음으로 반응하며 살도록 힘쓰는 것이라고 생각한다.

문어와 고래가 나오는 재미있는 이야기

소년부 이다호

태평양에 흰수염고래가 살고 있었다. 어느 날, 흰수염고래는 여느 때와 다름없이 크릴새우 떼를 쫓고 있었다. 새우들을 먹으려고 입을 벌리던 순간 지나가던 문어도 함께 고래의 입으로 들어갔다. 고래가 크릴을 삼킬 때 문어는 고래의 배로 들어가기 싫어서 빨판으로 식도를 잡았다. 고래는 사람으로 치면 레고 위에서 점프하는 고통을 느꼈다. 이 원인을 알 수 없는 고통에 고래는 재빨리 병원으로 갔다.

그사이 문어는 어떻게 고래 입속에서 나갈까를 생각하고 있었다. 결국 장기를 통해 똥꼬로 나가기로 했다. 고래는 병원으로 가는 길에 문어가 장기를 이동해 가는 바람에 더 아파졌다. 병원에 도착하자 문어는 고래의 똥꼬로 나와서 유유히 사라졌다.

고래가 의사에게 어디가 아픈지 말해 주자 의사는 곰치 내시경을 해 보자고 했다. 마취장비가 없어 수면 내시경은 안 된다고 했다. 결국 깨어 있는 채로 곰치 내시경을 시작했다. 곰치 내시경도 역시 입으로 들어가 똥꼬로 나왔다. 고래는 몸이 배배 꼬였다. 곰치 내시경을 해도 아픔의 원인을 발견하지 못하자 고래는 의아해하며 집으로 갔다.

채식하는 호랑이

소년부 이다호

"야! 너 좀 잔인해!"

어제 여우가 나에게 말했다. 나는 밤새도록 그 말이 맴돌았다. 잠을 설쳤다.

해가 떴다. 뻘겋게 충혈된 눈을 한 채 나는 채식을 하기로 결심했다. 하지만 아침부터 막막하다. 일단 토끼같이 풀을 먹는 애들에게 물어봐야겠다. 다른 동물들을 찾아가는데 다들 내 그림자만 보고도 도망쳤다.

여우에게 물어봐야겠다. 여우의 말로는 쑥, 나무 열매, 콩이 좋다고 했다. 쑥을 먼저 먹어 봐야겠다.

"쩝쩝, 카악~ 퉤."

쓰다. 엄청 쓰다. 여우는 이걸 어떻게 먹지?

안 되겠다. 나무 열매를 먹어야겠다. 맛있게 생기긴 했다.

"짭짭, 왜~엑."

떫다. 여우 말로는 사람들도 이걸 먹는다고 했는데….

콩이나 먹어야겠다.

"냠냠, 으~~~"

그나마 이게 제일 낫다.

콩을 먹기 시작한 지도 5일이 지났다. 콩 먹기 질린다.

우리 조상님이 쑥과 마늘을 먹기 싫어서 동굴에서 나온 게 이해된다. 아무래도 채식은 포기하고 오랜만에 기름진 멧돼지나 먹어야겠다. 익숙한 것은 하루아침에 바꾸기 힘든 것 같다.

주여! 나에게 반석 같은 믿음을 주소서

윤여범

"지태야~~"

현관문 쪽에서 자기 아들을 부르는 딸 지영이의 목소리가 또렷이 들려 왔습니다.

그때 나는 주방 식탁에 앉아서 혼자 점심을 먹고 있었는데 동생 지태를 부르는 자기 엄마의 목소리를 듣고 엄마가 온 줄 알고 안방에서 놀고 있던 외손녀 소린이가 반갑게 뛰어나오면서 엄마 목소리가 들리는 현관 쪽을 보며 자기 엄마를 맞이하려고 하였습니다. 그러나 오매불망 기다리던 엄마의 모습은 보이지 않았습니다.

딸 지영이는 아이들을 우리에게 맡기고 주일 예배를 드리고 곧바로 남편과 같이 사업차 부산에 내려가 하룻밤을 자고 현재 거기에 머무르고 있는 중이었습니다. 외손녀 소린이는 동생 지태를 부르는 자기 엄마의 목소리를 듣고 안방에서 반갑게 뛰어 나왔으나 막상 현관 쪽에 있어야 될 엄마가 보이지 않자 두리번거리다가 "아이, 무서워" 하면서 다시 안방으로 들어가 버렸습니다.

네 살밖에 되지 않는 소린이가 자기 엄마의 목소리는 들렸으나 막상 보이지 않자 무섭다고 표현하는 것을 보고 속으로 깜짝 놀랐습니다.

소린이는 아직 어리지만 어떤 보이지 않는 존재에 대하여 두려움이나 무서움을 느끼고 있는 것 같았습니다.

"지태야~~" 하고 자기 아들을 부르는 지영이의 음성을 나도 확실히 들었기 때문에 나는 식탁에서 일어나 소리가 들렸던 현관문 쪽으로 가면서 혹시 소리를 낼 만한 핸드폰이나 장난감 등이 있나 살펴보았으나 그런 기기들은 보이지 않았습니다.

혹시 딸 지영이에게 어떤 잘못된 일이라도 생겼나 하는 불길한 생각이 들어서 나는 부산에 있는 딸에게 곧바로 전화를 걸어 보았지만 지영이는 아무 일도 없는 것 같았고 볼일이 지연되어서 하루 더 부산에서 자고 화요일에 서울에 올라가야겠다고 하였습니다.

나는 방금 일어난 이상한 일에 대하여 이야기할까 하다가 멀리 있는 딸이 우리에게 맡긴 두 어린 자식 걱정을 할까 봐 말하지 않고 전화를 끊었습니다.

그러나 **"지태야~~"** 하고 자기 아들을 부르는 지영이의 목소리는 너무나 또렷하게 들렸고 또 나 혼자만 들은 것이 아니라 안방에서 놀던 외손녀 소린이도 같이 들은 것이기에 무슨 환청이나 상상으로 생각한 것이 아닌 것이 확실하였습니다.

그렇다면 백주 대낮에 소린이와 내가 같이 들었던 **"지태야~~"** 하는 소리는 대체 누가 낸 소리였단 말인가?

나는 점점 고민에 빠졌습니다. 누구에게 이 사실을 말한들 믿어 주고 공감해 주지 않고 나만 실없는 사람으로 여길 것 같아 말하기도 어려웠습니다.

갑자기 나도 소린이처럼 무서워졌고 혼자 있는 것이 두려워져서 나 혼자 내 방에서 자는 것조차 쉽지 않았습니다.

오직 주일에 교회에 나가서 하나님께 고백하고 기도하며 위로받는 것이 전부였지만 무서움과 두려움은 쉽게 없어지지 않았습니다.

그러다가 2023년도 신년특별새벽기도회가 시작되어서 나가게 되었는데 담임목사님의 설교 주제가 예수님이 여러 가지 기적을 만들어 내시며 세상을 교화하는 것이었습니다.

그 설교를 들으면서 점점 더 예수님의 행하신 일이 확신으로 다가오며 **"지태야~~"** 하고 자기 아들을 불렀던 딸 지영이의 목소리가 혹시 나에게 들려주신 주님의 목소리가 아닌가 하는 생각이 들었고 마음의 위로가 되어 무섭고 두려웠던 마음이 없어지고 안정을 되찾게 되었습니다.

그러면서 30년 전에 성경을 처음 본격적으로 읽으면서 거기에 기록된 예수님께서 기적을 일으키셨던 믿지 못할 행적들이 사실로 다가왔고 또 죽으신 후 사흘 만에 부활하신 것이 거짓이 아닌 사실일 것이라는 확신이 들어서 교회에 본격적으로 나가기 시작했던 일을 생각했습니다.

그렇다면 이번에 나에게 들려온 **"지태야~~"** 하는 지영이의 음성은 진정 의심 많은 나에게 들려주신 하나님의 음성이란 말인가?

내가 그동안 하나님을 믿으면서 한 일이라고는 그럭저럭 빠지지 않고 주일을 거의 지킨 것과 식사할 때 하나님에 대한 감사 기도를 항상 거르지 않고 드렸던 것 같은데….

어찌하여 주님께서는 나에게 이런 엄청난 기적을 보여 주셨단 말인가?

그러나 어떤 생각을 해 봐도 현실적으로 나에게 일어났던 일이었으며 다른 방법으로 생각할 수가 없었습니다.

이런 생각을 한 후에 내 마음속에 있던 두려움과 무서움은 눈 녹듯이 사라졌습니다. 이젠 반대로 주님께 대한 감사하고 기쁜 마음으로 가득 차서 콧노래가 나올 정도였습니다. 주님께서 나에게 직접 나에게 음성을 들려주셨고 나는 주님의 음성을 들은 주님의 은혜를 받은 사람이라는 확신이 내 마음속에 자리 잡았습니다.

나는 조용히 가족들을 불러 놓고 그동안 있었던 누구도 믿어 주리라고 생각할 수 없었던 나의 신앙 간증을 들려주었습니다. 그렇지만 내 말이 믿을 수 없다거나 이의를 제기하는 가족은 하나도 없었고 모두 수긍해 주었습니다.

나는 30년 동안 교회에 다니면서도 마음 한쪽에서는 언제나 신의 존재와 사후세계에 대한 의심이 존재했고 이것은 내가 인간인 이상 어쩔 수 없는 숙명이라고 생각했습니다.

그래서 이때까지 개인 기도를 하거나 대표기도를 할 때도 나의 부족한 신앙심을 자책하면서 **"주여! 나에게 반석 같은 믿음을 주소서"**라는 기도가 항상 빠지지 않았습니다.

그러나 그런 기도는 이제 하지 않아도 되었습니다. 주님이 지금도 살아 계셔서 확실하게 임재하시는 것을 주님의 음성으로 나에게 보여 주셨으니까요.

나의 몽골 여행기

소년부 김항술드

우리 가족은 추석 연후 전에 부모님과 아노랏, 그리고 은총이와 함께 몽골에 다녀올 계획이었다. 그리고 9월 11일 수요일, 비행기를 타고 3시간 정도 비행을 하여 할머니, 할아버지, 삼촌들과 친척들이 계시는 몽골에 도착했다. 여행은 늘 즐겁고 신나지만 몽골에 가는 것은 더더욱 그랬다. 아마도 아빠의 나라이기 때문이 아닐까.

지도를 펴 놓고 찾아보면 몽골은 아시아대륙 중앙쯤에 있다. 아래쪽에는 중국이 있고 위로는 러시아가 보인다. 수도는 울란바토르고 몽골의 땅은 엄청 넓은데 인구는 많지 않다고 한다. 어른들에게는 어떨지 모르나 내 친구들에게는 아마도 칭기스칸과 초원과 게르가 더 유명할 것이다.

칭기스칸 박물관 안에 있는 칭기스칸 초상화 앞에서 찍은 사진이다. 칭기스칸은 역사적으로 대단한 사람이라고 한다. 많은 나라를 정복하여 서쪽의 유럽 근처까지 영토 확장을 하여 몽골제국을 건설했으니 나도 그렇게 생각했다. 사진으로 보면 내가 치마를 입은 것 같아 보이지만 실제로는 엄마의 캐시미어 코트를 입은 것이다. 날씨가 추워 겉옷을 준비했어야 했는데 깜박 잊어버려 엄마 찬스를 쓴 것이다. 초상화 속 칭키스칸의 모자도 복장도 신발도 특색 있지만 얼굴 표정이 좀 무섭기도 하고 웃긴 듯도 하다.

몽골에 가면 모든 사람이 가는 여행코스 중 하나인 태를지 국립공원 안에 있는 천진벌덕 초원이다. 몽골은 넓은 초원이 매우 유명하다. 천진벌덕 초원에는 칭기스칸 기마상이 있어 많은 여행객들이 온다고 한다. 뒤로 보이는 것이 칭기스칸이 말을 타고 있는 모습의 동상이다. 가까이서 보면 어마어마하게 크다. 둥글게  보이는 건물은 2층으로 되어 있고, 마동상 꼭대기는 계단과 엘리베이터를 타고 갈 수 있다. 올라가면 말 맨 위쪽에 전망대가 있어 넓은 초원을 한눈에 볼 수 있다.

뒤로 칭기스칸의 마동상이 보인다. 나는 그곳에서 낙타 타기 체험을 했다. 말 타는 것하고 비슷하기도 하고 다른 것도 같다. 아무튼 신났다. 움직일 때마다 꿀렁꿀렁 하는 느낌인데 짧은 시간이지만 초원을 한 바퀴 돌아오는 내내 재미있었다.

몽골의 울란바토르에서 한참을 달려가서 쳉헤르 온천에 도착했다. 사진을 보면 수영장에서 수영을 하고 있는 것처럼 보이지만 실제로는 온천수 안에서 신나게 수영을 하는 중이다. 공기는 시원하고 바깥 풍경도 보면서 따뜻한 온천수에서 수영을 하는 것은 신기한 체험이라고 생각했다. 친구들이랑 같이 왔다면 아마도 난리가 났을 거다. 생각만 해도 신난다. 온천을 할 수 있는 탕이 몇 개 있는데 각기 온도가 달라 자기에게 알맞은 온도를 찾아 재미있게 놀면 된다.

게르다. 우리 가족은 게르 리조트에
서 잠을 잤다. 겉으로 보기에 어떨지
모르나 게르 안에는 없는 것이 없다.
조용하고 공기도 좋고 온천수에서 수
영도 하고 행복한 하루였다.

이곳은 세계 3대 자연사 박물관 중
하나인 몽골 자연사 박물관이다. 공룡
들이 살았던 아주 오래전에 자연사 박
물관 근처가 공룡들의 놀이터였다고
한다. 그래서 공룡화석이 많이 발견되
었나 보다. 엄마와 동생 아노랏과 공룡 머리 화석 앞에서 사진을 찍었다.

자나바자르 불교 미술 박물관 앞
에서도 사진 한 장 찍었다.

몽골의 처이진 라마 사원 박물관
이다. 몽골의 역사와 문화를 이해하
는 데 많은 도움이 된다고 했다. 알
듯도 하고 모를 듯도 했지만 엄청나
게 많은 불교 유물들이 있었다.

점프하면서 찍은 사진인데 마음에 든다.

9월 11일에 출발하여 24일에 다시 서울에 돌아왔다. 여행을 갔다 오면 좋은 점도 있고, 힘든 부분도 있다. 특히 친척을 오랜만에 만나는 것은 진짜 기분이 좋다.

그런데 이번 여행에서는 핸드폰을 잃어버려서 당황스럽기도 하고 속상하기도 했다. 아마 비행기 안에서 잃어버린 것 같다. 사진 속 장면 말고도 엄청 많은 추억이 있는 여행이었다.

새로운 땅에서의 시작

김현정

저희 가족이 한국을 떠나 미국 캘리포니아주에 살게 된 세월이 어느덧 16년이 되었습니다. 자식들이 성인이 되어 독립하면 한국으로 돌아가려 했는데 딸들이 결혼하여 손녀들이 생긴 지금도 우리는 여기에 살고 있습니다. 캘리포니아는 사계절 날씨가 좋아 하늘은 늘 푸르고 햇볕이 강해 농작물과 꽃나무들이 잘 자라는 땅입니다. 그래서인지 이민자들이 많이 살고 있습니다. 남동생이 살고 있던 이곳에 우리도 자리 잡게 되었는데 좋은 환경과 날씨임에도 한국이 그리워 마음은 늘 바람이 불고 쓸쓸합니다.

우리가 처음 살게 된 곳은 산타크루즈라는 아름다운 해변 가 마을이었는데 한국인이 많지 않아 좀 외로운 곳이었습니다. 아이들 학교에도 한국 학생이 몇 명 되지 않아 친구 사귀기가 어려웠는데 그나마 한인교회가 두 곳이 있어 사람들을 만날 수 있었습니다.

다들 타국 생활의 고단함과 어려움을 교회에 와서 위로받고 한국 음식을 먹으며 외로움도 나누고 돌아갑니다. 삼사십 명 모이는 작은 교회지만 이민 목회를 하는 목사님들은 한 영혼, 한 영혼이 소중하고 절실하기에 헌신적으로 섬깁니다. 저희도 이런 목사님과 교인들의 도움으로 일도 얻고 일상의 어려움도 해결하며 살았습니다.

늦은 나이에 와서 영어가 잘되지 않으니 원하는 일보다는 주어지는 대로 일을 해야만 했습니다. 얼마 지나지 않아 교인의 소개로 미국 마켓 안에서 스시를 만들어 파는 가게에 남편과 제가 함께 일하게 되어 기뻤습니다. 새로운 땅에서의 시작은 설렘과 두려움이 있었는데 저희 부부가 일할 수 있는 곳과 좋은 집을 얻게 해 주신 하나님께 감사하며 살았습니다.

그러던 중 동생네가 다른 지역으로 이사 가게 되어 올케가 하고 있던 꽃집을 맡아서 일을 해야 했습니다. 그 꽃집으로 우리가 미국에서 체류할 수 있는 비자를 얻었기에 힘들어도 해야만 했는데 결국에는 가게 문을 닫아야 했습니다. 그 이유는 가까이에 있는 큰 마켓에서 꽃을 싸게 팔아 동네 작은 꽃집들이 타격을 받아 문을 닫고 있었고 저희도 계속되는 적자를 감당하기 어려웠기 때문입니다. 그렇게 아무런 대책도 없이 앞날을 하나님께 맡기고 가게를 정리했습니다.

몇 달 후 미국 와서 몇 년간 힘든 때를 보내는 저희에게 지인분이 도움을 주셔서 마켓 안에 있는 스시 가게를 인수하여 운영하게 되었습니다. 비록 작은 프랜차이즈 사업체였지만 우리 가족에게 소중한 삶의 기반이 되었습니다. 하나님께서 사람을 통하여 도움의 손길을 주심을 감사하며 남편과 열심히 일했습니다. 그사이 아이들은 대학을 마치고 결혼도 해서 천천히 가게를 정리하고 한국으로 돌아갈 마음을 먹었습니다. 가게를 내놓고 임자가 나타나기를 기다리고 있을 때 코로나로 인해 팬데믹이 왔습니다.

세계가 아직 혼란 가운데 있던 2021년 1월에 제가 백혈병 진단을 받았고 남편 혼자 가게를 할 수 없어 급히 정리하게 되었습니다. 한국에 돌아가고자 생각했던 것들은 저의 계획이었고 제 발병으로 인해 모든 것이 달라진 것은 하나님의 계획이었습니다.

코로나로 인해 병원도 비상 상황이라 저 같은 환자라도 병보다 코로나의 위험이 더 커서 입원 한 달 동안 일체 면회가 되지 않았어요. 혼자 쓰는 병실에서 항암치료를 받으며 제가 할 수 있었던 것은 말씀과 찬양에 의지해 약해질 때마다 하나님께 위로와 평안을 구하며 기도하는 것이었습니다. 항암치료만 잘 받고 견디면 이 병을 이길 수 있을 거란 생각으로 잘 버텼습니다. 그런데 퇴원 후 채 두 달도 안 되어 제 병이 재발했습니다.

다시 입원하여 더 강한 항암치료를 받았지만 고위험군이라 항암으로 안 되고 골수이식을 받아야만 한다고 했습니다. 먼저 언니와 두 남동생의 혈액을 받아 저와 일치하는지 검사했는데 막냇동생만 저와 반만 일치하여 100% 일치하는 기증자를 찾아야만 했습니다. 다행히도 한국과 미국에 80% 일치하는 기증자가 한 명씩 있어 그중에 미국에 계신 분께 골수이식을 받게 되었어요.

2022년 1월 21일 저는 골수이식을 받았습니다. 이날 미국 병원에서는 이식받는 저에게 Extra Birthday라며 축하해 주더군요. 그렇게 저는 제가 살아온 인생에 더 덤으로 새 삶을 얻었습니다. 이식 후 2년이 지난 지금까지 큰 부작용 없이 몸이 잘 회복되고 있습니다.

하나님께서는 앞만 보고 달려온 제 인생을 병을 통해 잠시 멈추게 하시고 저를 돌아보게 하셨습니다. 살아온 날에 대한 후회와 미래의 두려움이 있었지만 생명의 주인이신 하나님께서 고난 가운데 있는 저를 위로해 주시며 제 안에 감춰진 죄까지 깨닫게 하시는 은혜의 기회를 주셨습니다. 저는 매우 아둔해서 하나님과의 관계에서도 예민하지 못하고 그저 미련한 종처럼 나의 열심으로 섬기는 자였습니다. 그런 제가 하나님나라 백성의 올바른 삶을 살기 위해 말씀을 통해 그 길을 찾아가고 있습니다. 저를 창세 전에 선택하시어 지금까지 제 삶의 주인으로 저를 이끌고 계시는 하나님의 사랑이 기적이며, 하나님의 영광을 위해 이 땅에 존재함을 감사드립니다. 제가 값없이 받은 구원이 내가 무엇을 잘해서 어떠한 공을 세워서도 아닌 오직 그분의 전적인 은혜이며 계획이기에 생명의 창조주이시며 주인이신 하나님 앞에 엎드립니다. 또한 내 삶에서 나란 존재는 하나님과 예수님 십자가로 가려져 그 뒤에서 영원한 안식을 누리기 원합니다.

저는 매일 세상이 줄 수 없는 기쁨과 평안을 감사함으로 받습니다. 하나님의 우리를 향한 끝없는 사랑과 예수님의 십자가 보혈의 피가 저에게는 이 세상에 존재하는 이유이기에 하나님께 영광과 찬양을 올려 드립니다.

하나님나라의 도전

장지영

깨진 세상

당신은 이런 세상에서 '잔칫집'을 찾아다니는가? 아니면 '초상집'의 문제의식을 느끼고 있는가? 그 이유는 무엇이라고 생각하나?

『하나님나라의 도전』을 읽기 전까지 난 항상 잔칫집을 꿈꾸며 살아왔음을 고백한다. 열심히 살아가는 이유가 많은 것을 소유하고 내 삶을 마음껏 즐기며, 내 멋대로 살기 위해서였으나 그러지 못한 내 삶은 언제나 고단하고 힘들었다. 그렇게 살 수 없다는 사실이 언제나 나를 무겁게 짓눌렀으며 나 자신이 무능하다고 여기기까지 했다.

나는 왜 이렇게까지 잔칫집에 집착했을까? 내 삶의 목표는 항상 행복이었다. 행복한 삶을 살고 싶었다. 동화 속 마지막처럼 공주와 왕자는 항상 행복했으니까 당연히 내 삶의 마지막은 행복할 거라는 막연한 생각이 있었다. 이 책의 저자는 앞서 많은 선조도 행복을 목표로 살면서 더 나은 삶을 위해 노력해 왔으나 성공하지 못했다고 말하고 있다. 그 이유가 무엇일까? 사람이 아무리 수고한들 세상은 그대로다. 세상이 깨져 있기에 애초에 우리의 힘으로는 할 수 없는 것이었다.

> 지혜로운 사랑의 마음은 초상집에 가 있고 어리석은 사람의 마음
> 은 잔칫집에 가 있다. (전도서 7:4)

인간의 삶은 결국 초상집이라는 사실을 맞닥트려야 한다. 이런 삶 속에서 어떻게 살아야 하는지 끊임없이 고민하고 탐구하여야 한다. 주님과 함께하는 완전한 세상 프로젝트에 동참해야 하는 이유일 것이다.

자기중심성

세상에 한숨과 눈물이 가득한 이유가 우리의 '자기중심성' 때문이라는 설명에 동의하는가, 아니면 동의하기 어려운가. 그 이유를 말해 보자.

더운 여름날 아파트 관리실 에어컨 설치에 관해 논쟁거리가 된 적이 있다. 관리실에 에어컨을 설치하는 것에 반대하는 사람들의 주장은 주인인 나도 집에서 에어컨을 틀지 않는데 관리비 받는 사용인이 에어컨을 트는 것은 용납할 수 없다는 것이다. 에어컨 설치를 반대하는 사람에게 회사에 일할 때 에어컨 없이 일하라고 한다면 그 회사 사장님은 악덕 사장이라고 손가락질할 것이다. 결국, 대부분 사람은 자기가 처한 상황에 맞게 적당한 이중성을 가지고 살아가는 것 같다는 생각을 한 적이 있었다.

이 챕터를 읽으면서 이 모든 문제가 '자기중심성'에서부터 생겨났다는 말에 적극적으로 동의할 수 있었다. 하나님의 형상을 지닌 인간은 하

나님의 권위 아래서 하나님과 인격적인 관계를 맺으면서 자신의 삶뿐만 아니라, 온 세상을 경영할 수 있게 창조되었다. 우리는 그 창조 프로세스에서 벗어나 가장 중요한 것에 나 자신을 넣음으로 세상을 파괴하고, 삶의 방향을 잃어버렸다 할 수 있다.

회복의 길

성경의 하나님이 인간에게 원하는 것은 하나님에 관해 알게 된 만큼 믿고 그에게 진실하게 반응하는 것이다. 이것이 성경이 가르치는 믿음이라는데, 당신이 지금까지 생각했던 믿음과는 어떻게 다른가?

어렸을 적 믿음이란 착하게 살고 열심히 기도하면 하나님께서 바라는 일을 이루어 주신다. 사랑의 하나님은 그런 분이라 생각했다.

인격적인 하나님에 대해 알게 되었을 때 인격적인 하나님과 나의 관계는 위에서 아래로 내려오는 일방적인 관계라 생각했다. 힘들 때 찾으면 와서 위로해 주시고 길을 잃으면 길을 안내해 주시는, 힘들 때마다 찾는 관계를 인격적인 관계라 오해하고 있었다.

진정한 인격적인 관계는 일방적인 관계가 아닌 양방적인 반응이라는 것을 알게 되었다. 하나님은 우리를 찾아오셔서 자신을 보여 주시고 우리가 하나님을 이해하고 깨닫게 해 주시며 깨달은 만큼 인격적으로 진실하게 반응하시길 기대하신다. 그렇게 나를 회복시켜 주시고, 하나님과의 관계가 회복되기 시작하면 하나님이 세상을 회복해 나가는 일에 우리가 참여할 수 있게 되는 것이다.

메시아

　하나님께서 인간의 역사 속에 오셔서 인간의 문제를 본질적으로 해결하기 위해 일하고 계신다면, 당신이 해야 할 가장 중요한 일은 무엇일까?

　링반데룽 현상을 보면서 결국 스스로 해결할 수 없다는 것, 사람으로서의 한계가 있음을 느낀다. 본질적으로 해결하기 위해서는 진실하게 하나님을 찾고, 깨달은 만큼 진실하게 반응하는 것이 가장 중요한 일이라 생각한다.

성경의 제목이 된 두 여인의 이야기
- 룻기와 에스더서를 함께 묵상하며

이재구

성경 속에서 사람의 이름을 사용한 제목은 거의 대부분이 남자다. 특히나 선지서들은 모두가 남자 이름을 제목으로 한다. 그런데 '룻'과 '에스더'만이 유이(有二)하게 여성 이름의 성경 제목을 가진다. 남성이 주도적이고 중심적인 시대 속에서 성경의 제목이 될 정도였다면 쓰인 당시에도 이 두 여인의 이야기는 무척이나 특별한 경우였을 것이다.

많은 분들이 룻기와 에스더서를 읽어 보셨고 그 내용을 잘 알고 계신다. 하지만 또 세부 이야기들은 가물가물하시기도 한다. 길지 않은 두 성경 말씀이기에 이 글을 보시기 전후에 다시 한 번 읽어 보시면 또 다른 룻기와 에스더서를 꼭 만나 보실 수 있을 것이다.

이 두 여인의 이야기는 다르지만 묘하게 닮은 점들이 있다.

한 여인은 사사시대(士師時代)를 살아가고,

한 여인은 포로시대(捕虜時代)를 살아간다.

한 여인은 시어머니의 지혜와 도움으로 유력자의 아내가 되고, 한 여인은 삼촌의 보살핌과 충언으로 왕의 총애를 받는 왕후(王后)가 된다. 한 여인은 이방 민족에서 이스라엘 민족으로 이주, 정착하는 이야기고,

한 여인은 이스라엘 민족에서 이방 민족으로 이주, 정착하는 이야기다.

또한 뒤에 이야기하겠지만 두 여인은 각기 서로 다르면서도 유사하며 또 놀랄 만한 신앙 고백으로 이 고백의 성경 말씀을 읽는 우리에게 큰 울림과 은혜를 준다.

먼저 룻기는 효심 깊은 며느리가 시어머니를 잘 모시고 순종함에 유력한 한 남자와 성공적인 혼을 맺는, 어버이 주일에 강단에서 교훈적인 말씀 소재로 선포되곤 한다. 때로는 고부갈등에 관한 말씀에서 모범적 사례로 룻기의 예시를 들기도 한다. 물론 일리가 없지 않지만 룻기를 이렇게 착한 며느리의 신데렐라 이야기나 고부갈등의 슬기로운 해결사례로 보는 것에는 아쉬움이 있다. 룻기는 신데렐라 이야기나 고부갈등을 해결하는 교훈을 넘어서는 하나님의 뜻이 있다. 고부갈등의 원인들은 남편이자 아들 또는 재산이나 집안 권력이다. 고부갈등은 아들이자 남편인 남자가 어머니와 아내 사이에서 현명한 역할을 하지 못할 때 대부분 일어난다.

그런데 나오미와 룻에게는 그런 아들도 남편도 없는 상황이다. 또한 이 둘에게는 서로 차지해야 하는 재산이나 권력도 없다. 그들 사이의 가장 큰 문제는 고부 간 갈등이 아니라 공동 생존이었다. 고부갈등은 있지도 않은데 어찌 고부갈등에 대한 모범적인 말씀으로 소개될 수 있겠는가?

사사시대 흉년이 들어 더 좋은 환경에서 살아 보려고 고향 베들레헴을 떠나 이방나라 모압으로 간 엘리멜렉과 나오미는 두 아들을 현지의 모압 여인들과 결혼시킨다. 두 아들의 현지 혼인은 고향 땅에 다시 돌아오지 않고 이주한 모압 땅에서 끝까지 살겠다는 부부의 의지를 보여 준다. 그런데 남편 엘리멜렉이 죽고 더하여 두 아들까지 죽는 최악의 상황이 온다. 졸지에 과부가 된 세 여인들은 살아갈 길이 막막하다. 시어머니 나오미는 젊은 두 며느리의 앞날을 위해 새 삶을 살러 떠나라 한다. 한 며느리는 그리하지만 다른 한 며느리인 룻은 거절한다. 룻은 시어머니와 함께하겠다고 한다. 절절한 고백과 함께 말이다.

룻의 고백을 살펴본다.

> 룻이 이르되 내게 어머니를 떠나며 어머니를 따르지 말고 돌아가
> 라 강권하지 마옵소서 어머니께서 가시는 곳에 나도 가고 어머
> 니께서 머무시는 곳에서 나도 머물겠나이다 어머니의 백성이 나
> 의 백성이 되고 어머니의 하나님이 나의 하나님이 되시리니 (룻
> 1:16)

이는 후에 살펴볼 에스더의 고백인 "죽으면 죽으리라"(에 4:16)와도 너무나 의미가 통한다. 사실 이스라엘과 모압의 관계는 쉬운 관계가 아니다. 마치 대한민국과 일본과의 관계처럼 좋지 않다.

모세 시절 모압으로 인해 벌어진 몇 가지 사건은 이 두 민족을 철저한 원수의 관계로 만들어 놨다. 광야 시절 이스라엘이 모압 영토 길을 지나가기 위해 그들의 왕에게 정중히 요청했으나 길을 내어 주지 않았다. 삯꾼 선지자 발람은 모압 왕 발락의 사주로 이스라엘을 저주하려 했다. 또 발람의 꾀로 이스라엘은 모압 여인들과 음행하며 바알브올에 가담하게 된다. 이 사건은 이스라엘의 많은 희생자를 일으키며 큰 충격을 주었다. 이런 일들로 모세는 모압인들은 영원히 이스라엘의 총회에 들어오지 못

하게 하라 선언한다. 종살이했던 애굽인도 총회에 들어오게 하였으나 모압인들은 외면받았다.

> 암몬 사람과 모압 사람은 여호와의 총회에 들어오지 못하리니 그
> 들에게 속한 자는 십 대뿐 아니라 영원히 여호와의 총회에 들어
> 오지 못하리라 (신 23:3)

　에스라와 느헤미야도 바벨론에서 돌아온 후 이스라엘인들에게 우상을 섬기는 이방 여인들, 특히 모압 여인들을 며느리로 받지 말라 하고 이미 모압 여인과 결혼한 자들에게는 이혼을 종용한다. 이스라엘은 이방 나라 모압을 그렇게 원수처럼 여겼다. 또한 사사기를 통해 사사 시절의 상황을 보면 남편 없는 젊은 이방 여인은 남성들의 희롱과 성적 폭력의 대상이 되기 쉬웠다. 모압인으로 또 남편 없는 젊은 여인으로 이스라엘 땅으로 들어와 살아간다는 것은 절대 쉽지 않은 일이다. 차별과 억압, 수군거림, 냉대가 그녀를 기다리고 있음을 본인 스스로가 더 잘 알고 있었을 것이다. 이런 정치적, 사회적, 문화적 배경에도 불구하고 남편 잃은 모압 여인이, 역시 남편 잃은 시어머니를 따라 아무 경제력 없이 이스라엘로 이주하겠다는 것은 우리의 관점으로는 바보 같은 선택이었다. 자신의 고향 모압에서 젊은 모압 남자와 새출발하는 것이 가장 현실적인 그리고 인간적인 선택이었다. 이런 상황 속에서 몇 줄의 글로 표현된 고백이기에 우리는 결과를 알고 있기에 쉬이 읽힐 수도 있겠지만 저 신앙 고백 속에는 두 과부의 엄청난 눈물이 있었을 것이다.

　풍요의 시대를 살고 있는 지금의 나에게 매주 주문 외우듯 의식화된

사도신경 신앙고백과는 엄청난 차이의 고백이다. 생사를 좌우하는 데 가장 기본이 되는 의식주의 어려움 앞에서 앞으로 닥칠 차별, 압제, 수난, 모욕, 성적 괴롭힘 등을 알면서도 시어머니와 그의 하나님을 믿고 그 길을 가야 하는 그리고 가고자 하는 룻의 고백을 지금의 내가 어찌 온전히 이해할 수 있을까? 나는 룻의 신앙고백이 너무나도 존경스럽다.

두 여인이 베들레헴으로 돌아온다. 그들이 받은 것은 환대(歡待)보다는 수군거림이었다. 그들이 받은 것은 도움의 손길보다 의구심의 눈길이었다. 나오미는 이를 정면 돌파한다. 자신을 나오미라 하지 말고 마라(쓰다, 괴롭다)라고 부르라 한다. 하루하루를 하나님을 믿고 서로를 의지하며 최선을 다해 살아 낸다.

돌아온 그때는 보리 추수가 시작되던 시기였다. 룻은 이삭을 주우러 밭에 나간다. 룻은 '우연히' 엘리멜렉의 친족이자 지역의 유력한 보아스의 밭에서 이삭을 줍게 된다.

> 룻이 가서 베는 자를 따라 밭에서 이삭을 줍는데 우연히 엘리멜렉의 친족 보아스에게 속한 밭에 이르렀더라 (룻 2:3)

또 '마침' 지역의 유력자 보아스가 이곳에 도착하고 룻을 눈여겨보게 된다.

> 마침 보아스가 베들레헴에서부터 와서 베는 자들에게 이르되 여호와께서 너희와 함께 하시기를 원하노라 하니 그들이 대답하되 여호와께서 당신에게 복 주시기를 원하나이다 하니라 보아스가

베는 자들을 거느린 사환에게 이르되 이는 누구의 소녀냐 하니
(룻 2:4~5)

룻이 돌아온 시절이 때마침 보리 추수 시기였다. 하필이면 룻이 간 곳이 보아스의 밭이었다. 이는 룻이 의도한 것도, 보아스가 이리 오라고 유도한 것도 아니었다. 또 하필이면 보아스가 이 시간에 자기 밭에 간다. 또 하필이면 이 시간에 룻이 이삭을 줍는다. 서로 약속하고 시간을 맞춘 것은 더더욱 아닐 것이다.

그런데 공간과 시간이 어찌 이리 맞아떨어졌을까? 성경은 '우연히', '마침'이라는 단어를 사용하여 이 일을 설명한다. 우연(偶然)이란 무엇일까? 세상은 '인과관계 없이 운에 의해 일어나는 일'을 우연이라고 한다. 이런 우연에 의하여 룻은 단지 운이 좋았기 때문에 보아스를 만난 것일까?

아이들과 100피스의 퍼즐 그림을 맞춰 본 적이 있다. 아름답고 거대한 퍼즐 그림은 하나하나의 퍼즐 조각을 맞춰 감에 완성된다. 그저 퍼즐 조각을 던져 넣는다고 우연히 그 많은 퍼즐 조각이 딱 맞는 자리에 들어가 아름다운 그림으로 완성되지 않는다. 누군가가 정확한 자리에 퍼즐을 맞춰 넣어야 한다. 하나님의 뜻 안에서는 이렇게 우연인 것 같은 하나의 일들이 하나님의 큰 뜻이라는 그림을 보여 주기 위한 하나의 퍼즐 조각이 아닐까 싶다. 그 퍼즐 조각이 그냥 던져지는 것이 아니라 하나님이 뜻하신 그림의 모양대로 그의 손에 의해 하나씩 제자리에 모여 1,000피스, 10,000피스의 거대하고 아름다운 그림을 보여 주듯이 말이다.

성경을 읽으며 그렇게 우연이라는, 우연인 것 같은 뜻밖의 일들을 깊이 들여다보다 보면 결국 그 안은 하나님의 뜻이 있었음을 알게 된다. 그

것이 하나님의 뜻이었음을 알게 되는 순간 말할 수 없는 경외감이 나를 감싼다. 그리고 "아!"라는 탄식과 함께 전율하게 된다. 우연히 누구의 밭인지 모르고 이삭을 줍던 룻도, 마침 그 시간에 자신의 밭에 간 보아스도 자신들에게 무슨 일이 벌어지고 있는지 생각이나 해 보았을까? 서로를 통해서 오벳을 낳으리라고 생각이나 했었을까? 자신들이 다윗을 증손자로 가지게 될지 알았을까? 예수 그리스도의 족보에 오르리라고 상상이나 했을까?

우리도 지금 나를 둘러싸고 벌어지는 일들의 의미를 당장에는 알 수가 없다. 하지만 시간이 지나 돌아보면 우리는 보게 된다. 그곳에 하나님의 은혜가 있었고 거기에 하나님의 뜻이 있었다는 것을. 그리고 그 모든 게 하나님의 사랑이었다는 것을.

이제 에스더서로 눈을 돌려 본다.

에스더서는 페르시아 아하수에르 왕 때의 이야기다. 아하수에르 왕은 잭 스나이더 감독의 출세작인 영화 〈300〉(2007년 작) 속에서 나오는 크세르크세스 1세(Xerxes Ⅰ) 왕과 동일 인물이다. 히브리식 이름과 그리스식 이름의 차이가 있을 뿐이다. 영화 속 "나는 관대하다"라는 대사, 민머리, 반나체 복장이 인상적이지만 이는 영화적 상상력에 의함일 뿐 당시 추정하는 왕의 외모와는 상당히 다르다. 아하수에르 왕은 영화 〈300〉의 배경이 된 테르모필레 전투에서 그리스 연합군에 승리하지만 〈300〉 후속편의 무대인 살라미스 해전에서 대패하게 된다. 이후 귀국하여 말년을 보내다 결국 암살당하게 된다.

에스더서는 이 아하수에르 왕의 그리스 원정 전후 사이에 있었던 일로 보고 있다. 유대 역사로 보면 스룹바벨의 1차 포로 귀환과 에스라의 2차 포로 귀환 사이에 페르시아 수산 지역에서 일어난 유다 백성들의 구원 사건이었다.

아하수에르 왕은 187일에 거쳐 연일 잔치를 연다. 이 잔치에 자신의 왕후(王后) 와스디를 부르나 와스디는 이를 거부한다. 이에 대해 여러 의견이 있으나 당시 페르시아 왕의 명을 거부하는 것은 아무리 왕후라도 대단한 기개임을 보여 준다. 이에 왕은 와스디를 폐위하고 새로운 왕후를 공모한다. 이 소식을 들은 유다 사람 베냐민 후손 모르드개가 고아로 딸처럼 키운 조카 에스더를 참가시킨다. 에스더는 모르드개의 명에 따라 자신의 출신 신분을 말하지 않은 채 왕의 간택을 받아 왕후가 된다.

어느 날 모르드개는 대궐 문 앞에서 어느 두 내시의 왕 암살 음모를 듣게 된다. 모르드개는 이를 에스더에게 알리고 에스더는 왕에게 알려 왕의 목숨을 살린다. 이 사건은 모르드개 이름과 함께 궁중 일기에 기록된다. 이는 이야기의 큰 복선이 된다. 그러던 중 왕의 고위 신하인 페르시아의 2인자 하만이 모르드개가 자신에게 절하여 예를 표하지 않음에 노한다. 하만은 아각 사람으로 아말렉의 후손이었다. 유다의 후손인 모르드개가 아말렉 후손에게 절하지 않음은 출애굽 때부터 두 민족 간에 있던 대립에 기인했다. 모르드개가 유대인임을 알게 된 하만은 모르드개뿐 아니라 유대사람 전체를 멸할 계획을 세운다. 왕에게 나아가 한 민족이 왕의 명을 어긴다고 하며 왕에게 그 민족을 진멸하라 하며 은 일만 달란트를 제안한다. 한 달란트가 34kg 정도 되니 일만 달란트면 340톤으로 1톤 트럭 340대 분의 어마어마한 양을 바친 것이다. 왕은 반지를 내어 하만이 원하는 대로 조서(詔書)를 쓸 수 있게 한다. 하만은 12월 13일에 모든 유대인을 멸하라는 조서를 내린다.

이 소식을 들은 모르드개는 옷을 찢고, 베옷을 입고, 재를 뒤집어쓰고, 대성통곡을 한다. 각 지방 유다인들도 조서 소식에 마찬가지로 애통한다. 에스더에게도 소식이 전해진다. 내시 하닥을 모르드개에게 보내 상세한 소식을 듣는다. 모르드개는 에스더가 왕에게 나아가 민족을 위하여 간절히 구해 달라고 요청한다. 이에 에스더는 걱정이 앞섰다. 당시에는 왕의 암살이 많았던 시기로 왕이 부르지 않았는데 왕의 앞에 나가는 것은 바로 죽임을 당할 수 있는 일이었다. 이런 걱정에 이 말을 모르드개에게 전하니,

> 모르드개가 그를 시켜 에스더에게 회답하되 너는 왕궁에 있으니
> 모든 유다인 중에 홀로 목숨을 건지리라 생각하지 말라 이 때에
> 네가 만일 잠잠하여 말이 없으면 유다인은 다른 데로 말미암아
> 놓임과 구원을 얻으려니와 너와 네 아버지 집은 멸망하리라 네가
> 왕후의 자리를 얻은 것이 이 때를 위함이 아닌지 누가 알겠느냐
> 하니 (에 4:13~14)

모르드개는 에스더에게 말한다. "너는 왕후로 왕궁에 있으니 목숨을 건질 거라고 생각하니? 네가 왕에게 나가지 않더라도 다른 방법으로 유대인들은 구원을 받을 것이지만 너와 네 가문은 멸망할 것이다. 니가 지금 이 왕후의 자리에 있는 것이 바로 지금 유대인을 구하는 일에 쓰임 받기 위함이 아닐지 싶구나."

모르드개의 진심 어린 충언에 에스더가 화답한다. 나를 위해 수산에 온 유다 백성들이 금식해 달라. 나도 시녀들과 금식한 후에 왕에게 나아

가겠다. "죽으면 죽으리라" 하며….

> 당신은 가서 수산에 있는 유다인을 다 모으고 나를 위하여 금식
> 하되 밤낮 삼 일을 먹지도 말고 마시지도 마소서 나도 나의 시녀
> 와 더불어 이렇게 금식한 후에 규례를 어기고 왕에게 나아가리니
> 죽으면 죽으리이다 하니라 (에 4:16)

에스더서도 포로 신분서 왕후가 되는 신데렐라와 같은 이야기로 보거나 민족을 구한 지혜와 용기 있는 여인 에스더를 닮자 함은 물론 좋지만 이는 룻기와 마찬가지로 어딘가 아쉬운 관점이 있다. 에스더서를 처음으로 읽은 분들께 에스더서에는 하나님이 등장하지 않는다고 말하면 거의 대부분의 분들이 '정말' 하면서 살짝 놀란다. 에스더서 저자는 하나님을 직접 등장시키지 않는다. 제사나 기도, 성전 등의 직접적인 단어도 없다. 대신 옷을 찢거나 재를 쓰거나 '금식' 정도의 단어로 하나님을 믿는 유대인들을 간접적으로 표현한다. 이는 아마 의도된 저술로 보인다.

살아가다 보면 때때로 우리의 일상이 이렇게 느껴진다. 하나님이 없는 것처럼 말이다. 세상 모든 이들에게는 자기 생각과 계획이 있다. 이 생각과 계획이 서로 충돌하거나 연합하고 겹쳐져서 '나'라는 존재가 '너'라는 대상과 얽히고설켜 살아가는 중 발생하는 우연의 산물들이 세상사라는 것이다. 누군가는 운명이라고도 하고 누군가는 우연이라고도 한다. 하나님 없이 돌아가는 세상처럼 느껴진다. 하지만 하나님 없이 돌아가는 것 같은 세상 속에서 에스더서를 보면, 성경을 묵상하면, 그리스도인들은 하나님의 섭리가 느껴지고 깨닫게 된다.

하나님께 범죄함에 바벨론 포로로 끌려간 유다 백성들에게 에스더서 속에서 자신을 직접 드러내지 않으심은 그들이 그동안의 지어 온 죄들로 인함일 수 있지만, 그럼에도 불구하고 하나님은 포로 된 당신의 백성들에게 무관심하시거나 잊어버리지 않으셨다. 드러내지 않으심에 우연처럼 여겨질지도 모르지만 그들을 여전히 사랑하시고 지켜 주시며 역사하시어 이를 기억하도록 부림절(Purim)의 기원을 만드심을 보여 준다.

이는 오늘날 에스더서를 읽고 묵상하는 우리에게 하나님의 모습도 하나님의 이름도 드러나지 않는 것 같은 오늘의 세상 속에서도 하나님은 당신의 백성들을 잊지 않으시고 역사하시며 지켜 주시는 분이심을 당신의 선한 뜻을 이루어 가심을 보여 주신다. 계략과 반전, 그 반전에 대한 또 다른 반전이 우연처럼 씨줄과 날줄처럼 엮여 이야기를 이끈다. 하지만 하나님의 섭리와 계획 아래 우연은 없다. 차곡차곡 뜻하신 바를 쌓아 이루어 가신다.

모르드개가 에스더에게 전하는 메시지를 더 살펴본다. 에스더가 자기 목숨만을 얻고자 하면 죽을 것이고 자기 목숨을 걸면 유다 공동체를 살리는 데 쓰임받을 것이라 한다. 모르드개는 확신하고 있었다. 직접 하나님을 드러내지 않지만 하나님께서는 당신의 백성들을 이 위험에서 에스더가 아니더라도 다른 방법을 통해 구원해 주실 거라고 한다. 포로 된 민족으로 최대 강대국의 왕후에 오르기까지의 모든 과정이 단지 우연의 산물이 아닌 이 순간 구원의 역사를 위한 하나님의 계획 속에서의 퍼즐 조각이었음을 보여 주는 것이다.

따져 보면 하만에게 절하지 않은 모르드개 한 사람 때문에 유다 공동체가 모두 죽게 될 상황에 처한 것이다. 이는 모르드개가 잘못했음을 지적하려는 것이 아니다. 아담의 불순종으로부터 인류에게 죄가 들어왔고 우리는 그 결과 사망에 이르게 되었다. 마찬가지로 모르드개로 인해 바벨론 속 유대인들에게도 죽음의 연대성이 이르게 된다. 마찬가지로 에스더 한 사람이 자기 목숨을 거는 것도 구원의 연대성을 말해 주고 있다. 에스더는 속한 공동체를 위해 결단할 줄 알았다.

오늘 현실의 상황도 정치적 이슈에 의거해 각자도생(各自圖生)의 시대라고 이야기하기도 하지만 우리 그리스도인들은 예수 그리스도 안에서 운명공동체다. 에스더서는 이를 두 인물을 통해 보여 준다. 오늘을 사는 우리에게 그리스도의 몸 된 공동체를 위해 목숨을 건다는 것이 어쩔 때는 허울 좋은 수사에 불과한 것 같기도 하다. 목숨은커녕 나의 판단이 우선순위가 되어 행동하기에 우리는 함께 있는 공동체와 동역자들의 마음을 상하게 하고 서로에게 상처를 주며 반목(反目)하기 일쑤다.

금식을 요청하는 에스더와 그것을 따라 주는 유대인들은 서로가 서로를 위하는 여호와 신앙 공동체였다. 서로가 서로를 잊지 않고 중보하였을 때, 하나님의 구원하심의 뜻이 나타나게 되었다. 서로가 서로를 위한 선한 도구가 되었다. 에스더서를 통해 오늘 우리 공동체에게도 하나님은 이리 말씀하시는 것 같다.

'너희는 나로 인한 신앙 공동체'라고, '서로가 서로를 위해 자신을 부인할 수 있어야 한다'고 말이다.

사진으로 보는 서부제일교회

편집부

주보 맨 앞장 좌측 상단을 보면 '교회창립 1969. 5. 18'이라는 작은 활자가 보인다. 우리 서부제일교회가 창립예배를 드린 첫날이다. 유일한 기록물로 남겨진 여러 장의 흑백사진은 역사 교과서에 나올 법하게 흐릿하고 드문드문 지워져 있다. 사진 자체가 귀한 시절이라 그렇겠지만 기록으로 남겨야 한다는 의식조차 희미했을 것이다.

따라서 보관 시스템이 허술한 것은 말할 것도 없다. 그 탓으로 남겨진 사진이 극히 적다. 최상오 장로님이 보관하고 있던 얼마 안 되는 사진과 우리 교회 역사를 말해 주는 주보가 교회 신축과 증축의 과정에서 사라진 것은 기가 막히고 말을 잊게 한다. 그게 남아 있다면 얼마나 좋았을까?

아무튼 편집부는 『방주』에 남아 있는 사진과 교회 어른 몇 분이 건네주신 사진에 의존하여 우리 교회의 역사를 되짚어 오르는 길을 떠나 보고자 한다. 거창한 이념이나 신념이라기보다는 소박한 꿈이다.

우리는 해마다 창립기념일 예배를 드린다. 떡을 떼며, 수건을 돌리며, 서로 기뻐하고 교제하며 지나간 50년을 감사하며 앞으로 50년의 부흥과 발전을 이야기하면서 말이다.

그런데 해마다 5월 18일 가까운 주일에 창립 기념예배를 드리며 우리들은 50여 년의 역사에서 어떤 흔적을 보고 있을까? 또 우리 다음 세대에게 어떤 무엇을 남겨 줄 수 있을까?

숫자로 나타나는 창립 몇 주년, 예배드리기 좋은 안락한 실내, 첨단 영상시스템, 내부 인테리어와 넘치는 재정과 건물을 이야기하는 것은 아닐 것이다. 아니길 진심으로 바란다.

그렇다면 무엇일까? 결론을 내리기는 어렵고 과한 질문이다. 단지 편집부는 「사진으로 보는 서부제일교회」를 기획하고 사진과 주보를 비롯한 기록물을 찾아나서는 그 과정에서 그 답을 찾아낼 수 있기를 바란다. 이 땅에서의 나그네 삶을 오래 살아온 어른들은 남겨진 다음 세대를 축복하고 가르쳐야 한다. 아버지가 자녀에게 그러하듯이 아브라함이 이삭을 축복하였듯이 말이다. 그래야 향후 50년이 든든해질 것이다. 우리 교회가 어떤 믿음으로 태동하였는지, 벽돌 한 장, 한 장 얹어 가며 건설되었는지 알아야 한다. 어떤 믿음의 수고가 있었는지도 보여 주었으면 좋겠다. 어떤 수고의 행위가 있었는지 전수되어야 한다. 예수의 이름으로 서부제일교회가 어떤 사명을 감당했는지 서부제일 교인들은 알았으면 좋겠다. 잘한 것도 잘못한 것까지도 낱낱이 숨김없이 알기를 바란다. 때로는 당시의 관점과는 달리 새로운 재해석이 있을지도 모른다. 그렇게 앞으로 나아가는 역사가 되는 것이다. 그것이 역사가 주는 교훈이고 힘이라고 확신한다.

1969년 북가좌동 13-4 김용재 장로님 자택에서 서부제일교회 현판을 걸고
예배를 드리기 시작한 당시 사진. 김용재 장로님의 모습

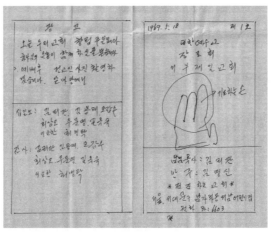

기억에 의존하여 손으로 최상오 장로님이 그려 주신 주보 1호

서남어린이집을 빌려 예배를 드렸다. 교회 종탑 세우는 장면

김리관(1969~1970. 3.) 1대 목사님의 모습

창립 예배를 마치고 교우들과 함께

교회학교 사진. 이요한 교육 전도사님의 모습

어느 날 예배를 마치고 교인들과 함께 찍은 사진

당시 중등부 여름 수련회 기념사진

1차 충암고 강당을 빌려 예배드리던 모습

서남어린이집 예배당에서 나온 후의 북가좌 파출소 바로 앞 예배당

1971. 6. 4. 구 교회 본당 건축부지 평지 작업 후 주일예배 드리는 장면(이근섭 목사님 설교)

1974. 11. 4. 교육관 40평 기공 예배 후 교우들의 모습

기록을 찾을 수 없지만 위쪽으로 뚜렷하게 보이는 서부제일교회

1980. 4. 7. 새 성전 기공예배

1971~1980년 4월 6일까지의 서부제일교회 모습

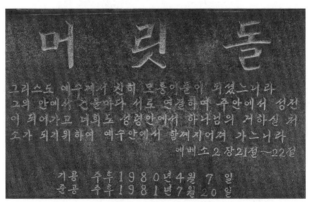

1980년 4월 옛 성전 헐고 새 성전 건축을 위한 터 위에서
예배드리는 모습. 그리고 머릿돌 사진

근방에서 자랑거리인 서부제일교회 선교원

1981년 성탄절. 권사회에서 세계 각국 의상을 입고 각국 언어로 인사

1983년도 제직회 일동

목사 위임, 안수 집사, 권사 취임 안내문(1984. 12. 1.)

당회원 일동

1994. 5. 15. 창립 25주년 기념예배 모습

◆ 방주(3호) ◆

발 행 인 : 김   강 목사
편 집 인 : 이 화 종 장로
편집위원 : 문 태 성, 서 영 교, 정 명 화
발 행 처 : 서부제일교회
         ☎ 374-6161~4 FAX 373-8979
발 행 일 : 1996년 12월

서부제일교회

창간호부터 6호까지의 『방주』, 『방주』 3회 뒷면에 나온 편집부

남겨진 초창기 당회록, 책으로 묶어 낸 당회록. 2008년 정책당회 모습

연대순으로 나열하고 사진에 대한 설명을 덧붙이고자 하였다. 초대 목사님으로부터 모든 담임 목사님들의 사진도 싣고 싶었다. 애초에 어려울 것이라 예상했으나 생각보다 더 난감했다. 사진의 선명도도 문제였다.

최상오 장로님, 노성춘 장로님, 김윤희 권사님, 정명숙 권사님께 감사의 인사를 드린다. 사진첩을 찾아 사진을 보내 주시기도 하고 순수 갖다 주시기도 했다. 또 사진 작업을 도와주신 이관희 집사님께도 감사 인사를 드린다. 찾아보니 없다 하시며 안타까운 얼굴의 교회 식구들께 감사를 드린다. 그 마음과 그 수고하심이 오래 기억될 것이다.

남겨진 기록과 증인과 증언이 부족하고 무엇보다 시간과 노력이 부족했음을 고백한다. 해서 오늘은『춤추는 원고지』의 한 페이지로 남겠지만 이후 더 많은 자료와 정확한 사실이 들어간 사진집으로 묶이기를 간절하게 바랄 뿐이다.

작은 나무 의자

서희

출입문에서 어울리지 않은 맑은 종소리가 울렸다. 지음은 습관적으로 방금 들어오는 손님에게 가볍게 눈인사를 했다. 그다. 마른 체형인 듯하나 건강해 보이는 몸에 적당한 키, 단정하나 긴 머리카락 밖으로 드러난 흰 얼굴, 흰 얼굴을 가리는 동그란 안경을 쓴 손님은 눈에 익은 얼굴이다. 말없이 와서, 말없이 책을 고르고, 말없이 값을 치르고 가는, 한 달에 서너 번 정도 불규칙적이나 주기적으로 작은나무의자 서점을 찾아오는 나름 단골인 셈이다. 나이를 가늠할 수는 없지만 어딘지 모르게 세월이 묻어나는 느낌, 그 느낌과는 달리 동안이라고 생각했다. 그 청년은 소리가 없고 표정이 없고 빈틈도 없어 보였다. 그렇다고 접근을 불허하는 어느 영주의 견고한 성이라고 보이기보다는 오랫동안 인간 교류, 사회적 교류가 없어 생기는 '섬' 같다 하는 것이 옳아 보인다. 아무튼 지음은 이상하게 그에게 생각이 머물렀다. 청년은 찾고 있는 책을 못 찾았는지 다시 돌아와 일일이 손으로 짚어 가면서 걸어가고 있었다.

"무슨 책을 찾으세요?"

라고 물으려 했을 때 위쪽 책꽂이에서 책을 끄집어내고 있었다.

"넣어 드릴까요?"

물음을 마치기도 전 카운터 위에 책값을 올려놓는 청년의 손이 보였다. 고맙다는 의례적 인사를 기다리지도 않고 한 듯 안 한 듯 까딱 고개를 숙이더니 나가 버렸다. 또 어울리지 않는 맑은 종소리가 울렸다. 이상하게 '없는' 거투성인 청년에게 생각이 머물렀다가 이내 사라졌다.

그가 사라진 골목길은 여느 때와 같다. 순간 '지금 계절이 언제지?' 하는 어처구니없는 생각을 했다. 어제와 다른 데 같다. 앞으로 나아갔는데 제자리걸음이다. 하루가 지난 오늘은 어제와 별반 다름이 없을 것이고 내일도 그럴 것이다. 오고 가는 사람들이 다름에도 버스 정류장을 코앞에 둔 골목길의 풍경은 낯선 것 같으나 익숙하고 익숙하나 낯설다.

밤이 가야 아침이 오고, 잠에서 일어나야 아침 해를 본다. 시곗바늘이 추구하는 방향과 빠르기는 틀린 적 없이 정확하고, 달마다 뜯어내는 달력의 요일과 날수도 어김없다. 계절이 변할 때마다 산과 들은 충성되고 성실한 아랫사람처럼 남길 것은 남기고 버릴 것은 버린다. 척박한 겨울을 이겨 낸 모든 자연은 새싹이 올라오고 몸과 키를 확장시키고 열매를 맺고 나뭇잎을 떨궈 냄으로 다시 겨울잠을 잔다. 나이 듦에서 오는 빈곤과 풍요를 동시에 누리게 되는 것이다. 생명 있는 것들은 생로병사의 공식을 깨뜨릴 수 없고 벗어날 수 없다.

인간을 뺀다면 세상은 예측 가능하다. 인생은 변수가 너무 많은 게 탈이다. 태어난 인생의 주인공에게는 설정한 근사하기까지 한 목표치가 있다. 꿈이라 치환하여 말할 수 있는 그 목표치가 추구하는 방향으로 정확하게 달려가고 있을까. 한 치의 오차도 없이. 지음은 고개를 젓는다. 너무 빠르지도 더디지도 않게 한 방향으로 단직하게 가고 있을까. 망설

임과 뒤돌아봄과 순간의 잘못된 선택이나 이별과 만남으로 꺾이거나 이 상한 방향으로 끌려들어가지는 않았을까. 불가능하다고, 인간의 계획이란 그래서 무모하고 위험하다고 지음은 생각했다. 예상치를 벗어나면 반드시 기대 값이 흔들린다. 어느 누군가는 늦은 퇴근이었다 할지라도 정시에 출근을 해야 한다. 묵은 슬픔을 털어 내지 못했는데 뜻밖의 눈물을 또 흘려야 하는 누군가의 아침도 있기 마련이다. 몇십 년을 방치한 창고를 정리하다 고가의 미술품을 찾아 벼락부자가 된 지구 반대편의 어느 사연도 있다.

유리창 너머로 뛰어가는 발자국 소리가 들려온다. 버스가 멈추고 출발하는 소리도 들린다. 삶에 지친 무표정한 표정인지 애써 표정을 감춘 것인지 모를 얼굴들이 휙휙 지나간다. 라디오에서 음악이 흘러나온다.

상도동은 변함이 없는 심심한 곳이었다. 기억도 안 나는 대 여섯 살에 이사를 온 후 서른 가까운 나이까지 살고 있는데 큰 이변이 없는 곳이다. 사람도, 거리도, 마을도. 3층짜리 연립이 있던 곳이 -나를 지극히 좋아했으나 지극히 싫어하게 된 어떤 친구가 살던- 나름 최고급 쌍둥이 빌라로 재건축되고, 도로 확장 후 보도블록으로 말끔하게 길을 낸 것이 고작이랄까. 지음이 살고 있는 동네도 주민들 대부분이 아는 사람이라 해도 과언이 아니다. 범위를 학교로 넓혀 생각을 해 봐도 비슷한 상황이다. 국민학교를 졸업 후 거의 같은 중학교로 배정을 받을 정도였다. 몇십 년을 보아 온 늙어 가는 어른들이라든가, 동창의 부모님들이라든가, 동시대를 살아온 남녀들과 이웃들을 보는 것은 일상이다. 서점에 들어온 손님들 중에는 같은 반이었던 동창도 여럿 있었다. 지음의 '작은나무의자' 서점이 버스 정류장으로 나가는 골목 초입에 있기에 의도와는 달리 많은 사람을 관찰하는 습관 같은 것이 생겼다. 원래도 조용한 편이었는데 관찰의 시간이 늘어나면서 더욱 심해졌다는 생각이 들었다.

개발은 심심하고 조용한 마을에도 찾아왔다. 최근 5, 6년 전부터 엄청난 변화가 일어났다. 대단지 아파트 건설, 상가건물의 고층화, 입점하는 상가의 다양화와 고급화. 물론 그 이전부터 시끄러운 소식은 날마다 들려왔고 심심찮게 싸움도 잦았다. 플래카드가 여기저기 걸리고, 양복 입은 사람들이 좋은 차를 타고 들고 났다. 이런저런 모임이 많아져 흥청망청 몰려다니더니 정작 인심은 나뉘고 사나워졌다. 떠나는 사람이 생겨나고 모르는 사람이 많이들 보였다. 재개발의 약속은 눈부시고 화려했지만 정작 재개발의 그늘은 현장의 먼지와 소음만큼 어두웠고 어떤 계급 같은 계층을 낳고 말았다.

오늘따라 왜 이렇게 일찍 눈을 떴을까. 좀 더 자려고 계속 뒤척였으나 그럴수록 정신이 말짱해졌다. 손바닥, 무릎, 발끝으로 전해지는 벽면의 온도는 시원했고 상쾌했다. 하릴없이 벽지 모양을 들여다보다 시작된 생각은 한참을 달려갔다. 지음의 '작은나무의자' 서점의 크고 작은 일들, 미뤄 둔 약속, 인테리어를 좀 바꿔 볼까, 상가에서 벌어지는 여러 인생들의 일들, 그리고 엄마 생각까지. 그 한참을 달린 밑도 끝도 없는 생각은 잡념이 되어서도 계속 달리기만 했다. 뫼비우스의 띠처럼 끝이 없이 돌고 돈다.

똑똑.

그녀다. 지음은 이불을 목까지 끄집어 올려 뒤집어쓰고 문 반대편으로 돌아누웠다. 조심스럽게 문을 열고 들어서는 그녀의 소리, 눈길, 얼굴, 한숨이 뒤통수 너머로 펼쳐졌다.

"아침 먹어야지."

"……."

"9시가 넘었어. 안 일어나?"

"……."

어떤 대답을 기다리지는 않았을 것이다. 얼마간 그렇게 서 있더니 문 닫히는 소리가 들렸다. 그 짧은 시간에 걱정을 한 것인지, 야속하다는 것 인지, 맘대로 하라는 것인지 모를 그녀가 내뱉은 숨소리가 방 안을 둥둥 떠다니는 것 같다.

'이 나이에 생일….'

동생 지선이는 오래전 잡힌 약속으로 지리산 여행을 떠났고, 아버지는 며칠 전 현장으로 내려가셨다. 할머니는 고모네 집으로 가신 지 여러 날 이다. 책상 위에 지선이가 남긴 선물과 작은 카드가 눈에 들어왔다. 집 안에 그녀와 단둘이 있다는 불편한 상황이 이불 밖으로 나서지 못하게 하는 드러난 이유였다. 할머니가 계셨다면 한마디 하셨을 테지만 몸살 기운은 떳떳하게 대들 수 있는 핑계고 든든한 변명이 되어 줄 것이다. 사 실 집 안에 식구들이 있을 때도 상황은 비슷하다. 아버지, 할머니 그리고 지선이가 있을 때도 지음은 못에 걸려 있는 달력같이, 꼼짝없이 눌러 있 어야 할 가구같이 혼자다. 그런데 생일날 그녀와 단둘이 있게 되었으니 눈치 보지 않고 문 밖으로 나가지 않아도 되고, 불려 나가지 않아도 되니 오히려 편안할 수도 있는 일이다.

아버지의 재혼에 대해 반대를 표했을 때는 식구들 모두 깜짝 놀랐다. 아니, 예상하지 않았던 것이 확실했다. 큰딸 지음은 어렸을 때부터 모든 면에서 착하고 예뻤다. 손이 가지 않아도 되는, 제 할 일은 그것이 무엇

이든 혼자서 하는 아이였다. 입는 것, 먹는 것, 심지어 대학교 전공까지
도 어른들의 조언에 거스르지 않고 따랐던 지음이다. 성격도 조용조용
하고 말수도 적었다. 자기 의견이 있을라치면 엄마에게 살짝 이야기를
했고 엄마는 잘 들어 주다가도 어른들의 삶 속에서 진하게 우러난 '조언'
을 들려주면 지음은 고개를 끄덕여 따르는 착한 딸이었다. 물론 아주 가
끔은 지음의 웅변 같은 소리나 쇠심줄 같은 고집에는 티 내어 져 주시기
도 했다.

그런데 아버지의 재혼에 대해서는 완강했다. 할머니의 천둥 같은 호
통에도 눈물만 흘릴 뿐 쳐다보지 않았다. 따지듯 캐묻는 엄청난 다그침
에도 대답하지 않았다. 정말 바위같이 앉아 있기만 했다. 그런 점이 식
구 모두를 우울하게 했다. 할머니는 그 천둥 같은 목소리로 눈을 흘기시
며 탐탁지 않게 보시지만 지음은 여전히 대꾸하지 않았다. 어떤 반응도
일체 안 한 것이다. 그런 지음을 보고 아버지는 복잡하고 깊은, 여러 갈
래의 고민을 하시는 것 같았다. 원망을 하지는 않았지만 사정을 하지도
않았고 앉혀 놓고 설득하려고 하지도 않았다.

사실 지음 자신도 자기의 속을 드러내기가 어렵고 힘들었다. 머리와
가슴이 따로 놀았다. 아니, 각각 상반된 생각을 하는 두 개의 머리와 두
개의 가슴이 등지고 완벽하게 반대 방향으로 냅다 달렸다. 가정과 가족
내에서 아내와 엄마가 없는 현실은 이해되고 말하지 않아도 알 수 있다.
그러나 바둑판의 흰 돌, 검은 돌 마냥 재혼에 대한 생각은 확실했다. 그
러거나 말거나 할머니의 진두지휘하에 재혼 당사자인 아버지와 그녀는
몇 번인가 만나는 것 같았다. 구체적 이야기가 오가는 눈치를 모를 수가
없다. 완고하신 할머니는 들으라는 듯 천둥 같은 목소리를 집 안 내내 터

뜨리고 다니셨기 때문이다. 할머니의 걸음새는 '어떠냐?'라는 식으로 꼬장꼬장해졌다. 적어도 지음 앞에서는 그랬다.

식은 올리지 않고 양가 식구들끼리 품격 있고 점잖은 식사자리로 대신했다. 끌려나오듯 최소한의 예의로 앉은 자리였기에 말썽 피우지는 않았다. 할머니나 그녀의 가족들에게 책잡힐 행동은 하지 않았다. 점잖고 품격 있는 시간에 지음은 그 어느 쪽도 똑바로 쳐다보지 않았다. 아버지와 그녀의 행복한 미소와 웃음소리 때문에 삐끗 하고 눈길이 흘러가지 않도록 바닥만 봤다. 눈에 띄지 않도록, 잔기침도 새나오지 않도록 조심했다. 성사된 재혼은 그렇다 치더라도 억지로 자리에 앉힌 항의를 그렇게나마 하는 중이었다. 아버지와 그녀는 행복해 보였고 양가 가족도 웃음이 끊이지 않았다. 그녀의 딸이 앉아 있어야 할 의자는 처음부터 없었다. 그녀의 딸은 오지 않을 것이므로 자리가 필요하지도 않았고 신경 쓰지 않아도 되었던 것이다. 지음은 나중에서야 그것을 알아챘다.

그렇게 다섯 식구의 동거가 시작되었다. 어색한 시간이었으나 지음을 제외하고는 서로 배려하고 이해하려는 노력의 시간이 흘러갔다. 할머니는 말할 것도 없고 지선이는 붙임성 있게 새로운 식구와 잘 지내는 것 같았다. 친절하고 예의 있게 일상의 말도 섞어 가면서 자신의 공간에, 삶의 시간 안에 그녀에게 자리를 내주는 것이 보였다. 그렇다고 간사해 보이거나 속없어 보이거나 나쁘다고 생각되지 않았다. 지선이는 계산에는 어두운 동생이다. 본능적으로 운명에 빨리 순응하여 살길을 찾는 현자이거나 혹은 분위기를 잘 살피어 마음의 평안을 도모하는 현실주의자이거나 둘 중 하나다. 어떤 것이든 지선의 진심인 것은 확실하다. 어쩜 그런 삶의 태도가 굉장히 편할 때가 있다. 이상하기 들리겠지만 충분히 납

득이 되었다. 오히려 그런 삶의 태도 변화가 잘 안 될 때 쓸데없이 힘들고 불편해진다. 본인의 고됨이야 자초한 바지만 주변인들까지 난감해지는 경우가 얼마나 많으랴.

아주 가끔 욕실이나 거실에서 그녀와 부딪힐 때 당황한 쪽은 지음이었으나 아는 체를 하며 인사를 건네는 그녀의 발걸음이 가볍다. 지음은 그녀의 발걸음이 부드럽고 행복해 보여서 충격을 받았다. 어느 순간부터 주객이 전도된 것처럼 지음이 객식구가 되어 버렸다. 가끔은 쓸쓸했지만 상관하지 않기로 마음먹었다. 어차피 일어난 일이고, 돌이킬 수 없는 일이고, 애쓴다고 달라지는 것은 없음을 알고 있기 때문이다.

그녀는 내게 칼끝 같은 독한 말을 퍼붓고 어디론가 떠나 버린 3층짜리 연립에 살았던 내 친구의 엄마다. 그 친구는 우리 아버지와 재혼 이야기가 오가는 즈음에 떠났다. 친구의 아버지가 세상을 떠난 지 얼마나 되었는지, 그 친구가 어디로 거처를 옮겼는지 알 수 없으나 오늘 그녀는 지음의 집에 버젓이 있다. 친구는 말도 많고 웃음도 많았다. 그런 친구가 말 없고 조용한 지음을 왜 좋아했는지는 모르겠다. 아무튼 청소년기 어느 시기를 단짝으로 지냈던 기억이 선명하고 환하다. 어느 날 3층짜리 연립에 살던 그 친구는 대뜸 찾아와서는 많은 말을 퍼부었다. 울음 반 소리 반으로 무슨 내용인지는 정확하지 않으나 알아들을 수 있을 것 같았다. 당시에 지음은 아무 말도 못 했다. 말을 하지 않았던 것 같다. 당하고 있는 이 상황이 억울하고 어이없다는 생각을 했던 것 같고 그러면서도 무슨 말을 쏟아 내고 있는지 그 마음도 들여다보려 집중하다 보니 그랬던 것 같다.

비 오는 어느 밤, 그녀는 같은 동네 어느 남자의 품에 안겨 있었고 내 친구의 엄마로서 부끄러운 중에 있었다. 평소 잘 다니지 않는 길로 들어선 것이 잘못이었다. 어쩌다 그 집 앞을 지나게 되었는지 후회가 되었다. 누구나 기억하고 싶지 않은 순간이 있다. 지음은 그 순간이 그렇다. 또 누구나 돌이킬 수 없는 과거는 있다. 어쩌다 보니 그녀는 과거 어느 한순간을 지음에게 들킨 것뿐이다. 그녀 입장에서는 재수가 없는 것이고, 불운이고, 부끄러운 것이지만 결정적으로 그녀는 지음이 알고 있음을 모르는 것 같다. 당연 그럴 것이다. 그러니 마냥 행복하고 속 편한 날을 보내는 그녀와 달리 지음이 속은 시끄러운 것이다. 어쩜 그녀는 잊으려고 했을 것이다. 그래서 실제로 잊어버렸는지도 모른다. 거기까지다. 남 일이라 생각도 안 날 정도로 내내 잊고 있었다. 아버지의 재혼 상대로 들이닥치기 전까지는 그랬다.

오늘은 평소보다 조금 일찍 작은 서점의 문을 열었다. 출입문을 열어 놓고 먼지를 털어 내고 물걸레질을 하고 신문과 우편물을 정리하고, 몇 안 되는 화분에 깨끗한 물을 부어 줄 때는 잘 자라 주어 고맙다고, 앞으로도 부탁한다고 좋은 마음으로 바라보았다. 신청할 책이며 주문받은 책이며 흐트러진 책꽂이를 가지런히 세워 놓은 후 책상 위를 정리했다. 밖으로 나와 먼지 날리는 길에 축축하게 물을 뿌리고 청소를 했다. 옆집 미스 서는 곱게 화장을 하고 멋쟁이 차림으로 인사를 한다.

출근전쟁이라고 떠들어 댄다. 정말 열심히 사는 사람이 많다. 좋아하는 일이든 그렇지 않든 속마음을 한쪽으로 밀어 놓고 당장 가야 할 곳으로 떠밀려간다. 그렇게 보였다. 어른들과는 다르게 학생들의 등교는 많이 다르다. 학업도 출근만큼 쉬운 것만은 아닐 터인데 아이들의 발걸음은 시끌벅적 요란하다. 아이들의 책가방에는 신바람이 들어 있는지 매일 신나고 까불고 웃음이 넘친다. 그래서 등하굣길의 아이들을 바라보는 것도 관찰의 즐거움 중 하나다.

골목길은 다시 한가해졌다. 정류장에서의 사람과 버스의 소음이 그쳤는지 조용해졌다. 출근과 등교가 끝난 이후라 어디선가 틀어 놓은 라디오 음악소리가 들려왔다. 지음은 책을 읽어 보려 펼쳐 보았는데 도통 머리에 들어오지 않았다. 자리에서 일어나 연하게 커피를 탔다. 하늘을 보니 파란색이다. 흰 구름이 드문드문 둘러앉은 것이 보기에도 이쁘다. 눈에 보이는 여름 하늘은 분명 그랬다. 그렇지만 뜨거운 여름의 낮은 매우 길고 매우 지루하다. 햇볕은 공기까지 끓여 놓았는지 주전자에서 뿜어 내는 뜨거운 수증기같이 만들어 버려 도무지 숨쉬기도 힘들게 한다. 도통 끝날 것 같지도 않고 급기야는 찬바람을 기다리는 것이 어이없게만 느껴지기도 하다.

오후 들어 갑자기 심상치 않은 기세로 하늘이 어두워졌다. 먹빛 구름이 앞서 몰려오니 뒤를 이어 불어오는 바람도 눅눅하다. 급기야 거세게 비가 쏟아지기 시작했다. 심술쟁이인지 고마운 불청객인지 알 수 없으나 소나기가 쏟아지면 골목길의 분위기는 달라진다. 켜 놓은 라디오 수다도 달라진다. 소나기를 바라보는 여러 말들이 있겠으나 지음은 참 좋았다.

굵은 빗줄기는 유리문 너머의 풍경을 잘 알아보지 못할 정도다. 우산을 준비하지 못한 사람들이 도로변 가게의 처마 밑으로 비를 피해 모여 들었다. 시계와 하늘을 번갈아 보는 의미 없는 몸짓이 눈에 들어온다. 그러다가 의미 있는 소리가 들린다. 보인다. 아이들 몇 명이 지나간다. 사람들 시선이 가고 마음이 따라간다. 의미 없는 손짓도 멈추고 아이들을 축복하듯 바라본다. 우산을 쓴 아이, 우산을 손에 들고도 비를 흠뻑 맞고 가는 아이, 물웅덩이를 첨벙첨벙 뛰어내리듯 밟고 가는 아이, 물을 차고 가는 아이. 옷이 다 젖었는데도 누구랄 것도 없이 열심히 떠드는 모양이다. 열심히 웃는 모양이다. 크고 동그랗게 벌어진 입술과 눈매와 뺨이 그리 이쁘고 반갑다. 아이들이 보이지 않는데도 눈길을 거두지 못하고 있다. 아이들의 웃음소리가 들리지 않자 웃음 총량법칙이 있어 어른이 되기 전 웃음을 다 써 버려 남아 있는 것이 거의 없을지도 모른다는 근거 없는 생각을 했다.

"비닐에 넣어 주세요."

손님의 소리에 생각을 접고 비닐을 꺼내려는 순간이었다. 전화기의 벨소리와 통으로 된 유리벽이 깨지는 소리가 거의 동시에 들려왔다. 엄청난 소리였고, 난리였고, 사고였다. 지음은 반사적으로 카운터 안으로 몸을 꺾어 주저앉았다. 사람들의 비명과 아우성이 주저앉은 지음의 머리 위로 쏟아졌다. 괴성인지 울부짖음이 그치지 않고 들려왔다. 정체를 알 수 없는 사람들의 소리가 뒤엉켜 들려왔고 '작은나무의자' 서점 주변에 많은 발자국이 몰려오는 소리도 들렸다.

"사람이 다쳤어요."

그 소리가 유독 크고 명료하게 들렸다. 미스 서의 목소리다. 아는 목소리여서 그랬을까 일어나야겠다는 생각이 들은 것은 주인으로서의 책임감 같은 것일 게다. 겨우 일어나 바라보니 '작은나무의자' 서점 안으로까지 쳐들어온 오토바이가 보이고, 쓰러진 사람이 보이고, 박살난 유리가 보이고, 붉은 피가 보이고 수십 명의 사람들이 얼굴인지 머리인지 둥근 것들이 많이 보였다.

"언니! 언니!"

눈을 뜨니 병원의 낮은 천장이 보였다. 숨을 쉴 때마다, 침을 삼킬 때마다 낮은 천장이 이불 바로 위까지 오르락내리락 하는 것 같다. 어지럽다. 다시 눈을 감았다. 무슨 소리가 들렸으나 귀에 들어오지 않았다. 강이쪽과 저쪽으로 철저히 분리되는 것처럼 말이다.

커튼이 젖혀지는 것처럼 아침이 왔고, 지음은 '기억'과 '상황 파악'이란 것을 할 수 있을 만큼 정신이 돌아왔다.

"정신이 좀 드니?"

소리를 따라 옆으로 돌아보니 할머니, 아버지, 지선이 그리고 그녀가 보였다. 얼마만큼의 시간이 흘렀는지 모르겠다. 눈물이 흘렀다. 안도의 눈물이었을까. 살아난 기쁨의 눈물일까. 그날 그 순간이 떠오르는 두려움의 눈물일까. 알 수 없었다. 걱정을 많이 하셨나 보다. 할머니의 얼굴빛이 그랬고 무엇보다 말씀이 없으셨다. 지음의 손을 꼭 잡고만 계셨다. 정신이 든 지음을 확인하고는 어른들은 병원 문을 나서셨다. 눈치 빠른 지선이 그리한 것 같다.

"깜짝 놀랐어. 오후 수업이 없어서 함께 저녁 먹자고 전화했는데 안 받더라고. 혹시나 해서 왔더니 골목 입구에 경찰차가 있고, 책방 안은 엉망진창이고, 언니는 실려 갔다 하고. 옆에 옷가게 미스 서 언니가 책방을 대충 정리하고 있었어."

"그 사람은?"

"지금 그게 걱정이야. 언니나 걱정해. 할머니랑 아버지가 걱정을 많이 하셔. 언니가 몸도 마음도 놀란 것 같다고. 진짜 괜찮아?"

지선이 진심으로 걱정이 되었는지 퉁명한 말투와는 다르게 눈가가 촉

촉했다.

"그 사람도 다쳤어. 얼마만큼인지는 모르지만 일단 피가 많이 났다고 미스 서 언니가 말해 줬어. 경찰이 조사를 하고 갔다고 했고. 근데 언니 그 사람 말을 못 한대. 생긴 건 멀쩡하다면서."

지음은 동생을 바라보았다. 쓰러져 있는 오토바이 옆에 쓰러진 사람이 그 청년이라는 것은 지음이 책방 주인으로서 엄청난 책임감으로 일어난 순간 알아보았다. 동생에게 말하지는 않았지만 말이다. 그 청년에게 가 봐야 한다는 생각에 마음이 급해졌다. 몸을 일으켜 일어나 앉았다. 직접 확인하고 싶어졌다. 살아 있는지, 얼마나 다쳤는지, 왜 그런 사고가 일어났는지.

"어디로 갔대?"

"그 남자? 지금 이 병원에 있어. 같이 실려 왔다고 하던데… 근데 왜 일어나?"

침대에서 한 발을 내리는데 핑 돌았다. 기운이 없었다. 벗어 놓은 옷처럼 그냥 허물어질 것 같다. 온몸에 에너지가 방전된 것처럼 움직일 수가 없었다. 그래도 지음은 고집을 부렸다. 끝끝내 지음의 뜻을 꺾지 못한 지선은 휠체어의 도움을 받아 함께 움직이는 선에서 합의를 보았다.

위층, 6명이 누워 있는 병실 창가 쪽으로 그 청년이 누워 있었다. 한쪽 발은 통깁스를 하고 한쪽 팔은 붕대로 감겨 있었다. 이마와 한쪽 뺨, 턱, 얼굴의 절반가량 반창고가 붙어 있었다. 동그란 안경 대신 네모난 반창고가 그날의 사고를 보여 주고 있는 것 같았다. 청년은 지음을 알아보는 듯 지음의 휠체어가 가까이 올 때까지 안내하듯 눈길을 거두지 않았다. 지선이 휠체어를 침대 옆까지 옮겨 주었다. 청년은 그나마 멀쩡한 손으로 시트 위에 뭔가를 쓰기 시작했다.

　미안합니다.

　"……."

　지음은 무슨 말도 할 수 없었고 아무 말도 생각나지 않았다. 대신 눈물
이 났다. 뜬금없는 지음의 눈물에 지선이는 누구보다 당황스럽고 어이없
어했다. 지음의 눈물은 흐느낌으로까지 이어졌다. 한참 울었던 것 같다.

　병실로 돌아온 지음은 더욱 말을 하지 않았다. 정확하게는 말이 필요
없었다. 가족들이 문병을 왔을 때도, 상가 사람들의 위로하듯 찾아와 이
것저것 물어볼 때도 할 말이 생각나지 않았고, 섞을 말이 떠오르지 않았
다. 그들은 궁금함을 참지 못하고 드라마 뒷얘기를 상상하듯 호기심 반
짝이는 눈으로 물어봤다. 정작 지음의 입은 단단한 침묵으로 닫혀 버렸
다. 사실 사건의 개요는 별반 없었고 그 어떤 드라마 같은 일도 없기 때
문이기도 했다. 그런데 눈빛은 살아나는 것처럼 보였다. 조금씩 기력을
회복하는 것이 눈에 띄게 보였다. 그래서 가족들도 지인들도 그나마 걱
정을 덜하며 돌아갔다. 누구보다도 지음 자신이 느꼈다. 스스로는 풀 수
없었던, 눈에 보이지 않던 강력한 굴레 같은 것이 눈에 보이고 실체를 알
아차릴 수 있었다. 마치 옴짝달싹 못 하게 굵은 밧줄로 묶여 있었는데 손
과 발을 꼼지락거리다가 손을 빼낼 수 있을 것 같았다. 그 시간을 통과하
는 느낌은 시원했고 후련했다.

　오래간만에 온 '작은나무의자' 서점은 정돈되고 깨끗하게, 본래의 모습
으로 돌아와 있었다. 뭔가 허전하고 남의 집에 온 것 같았지만 오랜 시간
비어 있었던 탓이라 여겼다. 주인의 눈에만 들어오는, 주인만 알아챌 수
있는 특별한 애정에서 확인할 수 있는 감정일 것이다. '작은나무의자' 서

점의 문이 열린 것을 보고 주변 상가 사람들이 찾아와 다정한 인사를 건네주었다. 지음도 반갑고 고마운 마음을 담아 고개 숙여 인사했다. 당장에 책방을 연 것은 아니고 살피고 정리한 후 다시 영업을 할 거라는 인사를 함께 담아서 말이다.

모두가 돌아가고 텅 빈 시간이 되었다. 안에서 문을 닫고 나서 지음은 텅 빈 공간 안에 혼자가 되었고, 그날의 기억을 더듬어 천천히 서점 안을 옮겨 걸었다. 눈에 잡히는 장면이 바뀔 때마다, 발을 디딜 때마다 그날의 사고가 10년 전 사고와 함께 떠올랐다.

10년 전 겨울 어느 날 저녁이었다. 독서실 앞길은 내리막길이다. 바꿔 말하면 독서실에 오고자 하면 가파른 고개를 올라서야 한다. 이 길을 올라올 때마다 지음은 '꿈'은 매우 높이 있고, '꿈을 이룬다'는 것은 숨을 헐떡일 만큼 애쓰며 오르고 오르는 것이구나 하는 생각을 했다.

아무튼 그날은 영하로 떨어진 추운 날이었고, 겨울비가 꽤 내리고 있었고, 길이 얼어 위험을 예고하는 뉴스가 끊이지 않았다. 그러나 독서실은 따뜻하고 조용하고 공부에 집중하기 안성맞춤이다. 독서실 밖도 궂은 날씨 탓인지 인적이 드문 탓인지 가파른 고개 위에 독서실이 위치한 탓인지 고요하기까지 했다. 지음은 깜박 잠이 든 것 같다. 그러던 중 급하게 내지르는 알아들을 수 없는 괴성이 들린 것도 같고, 우르르 몰려는 어지러운 발소리도 들었던 것 같다. 경찰 사이렌 소리도 들린 것도 같다. 모든 것이 꿈인지 생시인지 착각이 들 정도다.

"윤지음 학생! 윤지음 학생!"

찢어질 듯 다급한 목소리다. 밖으로 나오니 칼바람이 매섭다. 비까지 내리고 있어 더욱 어두웠고 넘어진 오토바이에서 비춰지는 불빛이 주위를 비추고 있었다. 도시락 주머니. 짝 잃은 신발, 날아가지도 못하고 뒤집혀 이리저리 휘청거리는 우산, 쓰러져 있는 두 물체.

저녁에 독서실로 갈게 약속한 엄마는 영정 사진으로 약속을 지켰다. 사진 속 엄마는 웃으며 뭐라고 말을 하는 것 같은데 들리지 않았다. 알아들을 수 없었다. 엄마는 그렇게 인사를 하고 다시 오지 않았다.

경찰 조사를 통해 그 청년의 신상 몇 가지를 알았다. 민형기. 30세. 사진 찍는 것을 좋아하고 재능이 있어 인정도 받은 사진작가라고. 마을 안쪽에 유명 건설회사가 지은 아파트에 이사를 왔으며 가족과 함께 살고 있다고. 부모님들은 매우 점잖고 부유하다고. 말 못 하는 아들이나 착하고 조용한 아들의 유일한 취미가 오토바이라고. 한 번도 사고를 치지 않았다고. 그날 왜 그런 사고가 났는지 부모들도 놀랐다고. 술은 먹지 않았다고. 거세게 쏟아지는 빗물에 시야가 가리고 길도 미끄러워 사고가 났다고도 하고, 뭔가를 피하다 그렇게 되었다고도 하고. 오토바이를 처분했다고. 그나마 다친 사람이 없어 다행이라고. 지음의 병원 치료와 '작은나무의자' 서점의 피해는 충분히 보상하겠다고. 미안하다고.

청년의 부모는 지음의 아버지와 그녀를 찾아와 몇 번이고 허리 숙여 인사를 했다고 했다. 어느 날 동석한 지음을 향해서도 어머니로 보이는 부인은 안타까운 표정으로 고개를 숙였다. 정작 지음은 민형기가 죽지 않아 다행이라고 생각했다. 깁스를 풀고 붕대를 풀고 반창고도 떼어 내면 다시 예전처럼 숨을 쉬고, 사진을 찍고, 책을 읽을 수 있으니 울지 말라고 말해 주고 싶었다. 어제가 오늘 같고 또 내일 같을 테지만 그런 날들이라도 살아가는 삶이 있어 괜찮다고 생각했다. 엄마는 삶의 저편으로 걸어가 돌아오지 않았지만 누군가는 삶의 이쪽으로 돌아왔으니 되었다고.

지음은 쉬는 동안 엄마를 자주 찾아갔다. 생각해 보니 혼자 엄마에게 온 것은 처음이었다. 마음으로도, 생각으로도 오지 않았다. 무엇 때문인지 모르나 찾아올 면목이 없었던 같다. 아무튼 충분히 울고 충분히 앉아 있다 돌아왔다. 어느 날은 아침나절에 왔다가 해 저물 때까지 엄마 등에 기대어 누워 있기도 했다. 많이 그리웠다고 말했다. 미안하다 고백도 했다. 엄마가 흥얼거리던 유행가를 따라 부르기도 했다. 엄마가 해 준 김밥과 잡채가 먹고 싶다고도 말했다. 너무 보고 싶다고. 꿈에라도 찾아오지 않아 서운하다고도 했다. 언제가 되었든 한 번은 오시라고 부탁도 했다.

옷차림과 가로수들의 모습으로 보아 계절이 바뀌었다. 하늘은 높고 푸름도 깊어졌다. 무엇보다도 쌀쌀한 바람이 좋았다. 여러모로 지음의 일상도 차질 없이 돌아왔다. 아주 가끔은 통유리와 출입문을 볼 때마다 그날이 떠오르기도 했지만 털어 낼 수 있을 만큼 무뎌졌다. 어쩜 할머니 말씀처럼 단단해졌는지도 모르겠다. 어울리지 않은 맑은 종소리는 여전했고 지음의 삶의 발걸음은 바빠졌다. 집에서도 독립을 했다. 반대가 있기는 했지만 결국 모두가 마음을 터 주며 지음의 뜻을 이해해 주었다. 혼자 사는 공간에서 지음은 바람에 맞서는 것이 아니라 흔들리는 나무처럼 자유롭고 편안했다. 자기 때문에 충분히 불편했을 가족들도 이제는 평안한 아침과 식사와 수다의 시간을 보내기를 진심으로 바랐다.

사고 이후로 볼 수 없던 그가 어느 날 찾아왔다. 책을 사려고 온 것은 아닌 것 같다. 잠시 머뭇거리더니 무슨 종이를 건네준다. 머뭇거리다 받아들었다. 하얀 종이에 글자가 쓰여 있다.

미안합니다.

그날, 병실의 침대 시트 위에 썼던 그 떨리는 손이 생각났다. 지음은 고개를 들어 오히려 괜찮냐고 물었다. 지음의 목소리가 조금 떨렸다. 그는 고개를 끄덕여 답을 했고 잠시 말없이 서 있었다. 서로 안부를 묻는 것으로 걱정과 미안함을 덜어내는 순간이고 깜깜한 터널 밖으로 나와 밝은 빛 아래서 안도의 숨을 몰아쉬는 것이다. 그날 그 순간이 '말 없는 자'와 '말 못 하는 자'가 서로의 삶을 응원하는 것인지도 모른다는 생각을 지음은 그가 돌아간 후에 했다. 별안간 쳐들어온 사고는 삶을 송두리째 흔들 수도 있지만 아주 가끔은 정신을 차리게 할 수도 있구나 싶었다.

해가 짧아졌다. 아침나절에 저녁때 집에 들르라는 할머니의 전화를 받았다. 할머니도 늙으셨는지 이제는 천둥 같은 목소리를 듣기 어렵다. 세월을 비켜 가실 수 없으신 거다. 잠시 고민을 하다가 알았다고 저녁에 가겠다고 답을 드렸다. 생각해 보니 독립한 후로 본가에 몇 번 가지 않았다. 지선이가 반찬을 들고 찾아온 적은 여러 번 있었던 것 같고, 이사 후 온 가족이 구경 겸 청소 겸 한 번 오셨던 기억이 난다. 여전히 그녀는 저쪽 너머에 있고, 달아난 것인지 떠난 것인지 모를 그녀의 딸이자 지음의 친구 소식은 없다. 지음은 그녀의 딸과 지음이 친구였음을 알고 있을까 하는 부질없는 질문을 마음으로만 한두 번 했다. 왜 재혼을 그토록 반대했는지 아무에게 말하지 않았다. 말하지 못했다. 엄마에게도 말하지 않았다.

쏟아진 물은 때로는 닦지 않아도 시간이 흐르면 마르기 마련이다. 가옥을 부서뜨리고 가로수가 송두리째 뽑혀 버리기도 하고, 도로를 엉망으로 만들어 버리기도 하고, 생명을 무참히 앗아가는 무시무시한 태풍을 인간의 힘으로 막아 내기란 어림없지만 그래도 지나간다. 그처럼 그날 사고는 지음에게 쏟아진 물이었고 강력한 태풍이었고 우산을 챙겨 오지 않은 어느 날의 소나기 같은 것이다. 동시에 말라 가는 물이고 지나가는 태풍이고 살아가는 동안 맞닥뜨리게 되는 어느 한순간인 것이다. 그렇게 삶의 날수를 채워 가는 것이다. 그렇게 어른이 되고 단단해지는 것이다.

가뭄과 홍수와 이별과 만남과 고난과 견딤과 넘어짐과 일어섬과 웃음과 울음과 비와 구름과 햇살과 아침과 저녁이 없는 인생이 있을까 싶다. 모든 순간을 슬퍼만 하고 아파만 할 수는 없는 것이다. 모든 순간을 웃고만 살 수 없는 것처럼 말이다. 다들 그렇게 살아가고 있구나 싶었다.

저녁에 집에 가니 음식 냄새가 가득했다. 약간은 어리둥절했으나 들키지 않으려고 서둘러 인사를 하고 방으로 들어갔다. 낙서도 추억이 되어 버린 오래 비워 둔 방, 세간은 없으나 그래도 깨끗하게 치워져 있었다. 구석에 제법 큰 상자가 보였다. 뚜껑을 열어 보니 액자가 여러 개 포개져 있다. 엄마 사진, 지선이와 지음의 모든 학교의 졸업사진, 유원지에 놀러가 찍은 흔한 가족사진을 보는데 풍선에서 바람이 새듯 나지막한 웃음이 나왔다. 사진 속 그날이 다 좋았다. 감정의 동요 없이 바라볼 수 있어 더욱 좋았다. 퇴근하는 아버지를 맞이하는 할머니의 목소리가 꽹과리처럼 시원하고 요란하다. 뭔가 신나는 일이 있는 게 분명하다. 지선이의 목소리도 들린다. 나가 봐야지 하면서 상자를 덮고 일어서는데 문이 열리고 지선이가 달려든다. 반갑다. 서로 웃음으로 말을 대신한다. 울컥 하고 뭔가 올라오는 것을 느꼈으나 또 한 번 잘 참았다.

밖으로 나오니 모두의 얼굴이 환하게 보인다. 주방 쪽에 그녀의 얼굴도 보인다. 바빴는지 긴장한 것인지 모르나 피곤해 보이기도 하고 붉게 상기된 듯도 하다. 할머니의 투박한 손이 다 큰 지음의 얼굴을 쓰다듬는다. 어깨를 두드려 토닥이시더니 앉으라고 할머니 곁을 내주신다. 아버지는 말없이 바라보신다. 그러나 담아 두고 쌓아 두고 아껴 두었던 엄청난 말들이 소리 없이 단단하게 밀려오는 것이 느껴진다. 아버지의 침묵은 방관이 아니었나 보다. 아버지의 침묵에는 꿈틀거리는 부정(父情)이 있었던 것을 어린 지음은 눈치를 채지 못했던 것이다. 아버지의 얼굴을 올려다본 것이 참 오래전이었구나 싶었다. 그때를 거슬러 생각을 하다 하마터면 마음으로, 눈빛으로 아버지와 마주칠 뻔했다. 지음은 얼른 눈을 돌렸다. 눈길이 피할 수 없는 외나무다리에서 아버지를 만난다면 미소보다는 눈물을 참을 수 없는 지경에 다다를 것이다. 아버지는 지음의 방문을 누구보다 기뻐했다. 지선을 본다. 해맑은 지선의 얼굴은 어른으로 달려가는 중인가 보다. 성숙과 고됨이 보이는 듯 했다.

누가 다 먹을까 싶을 정도로 교자상에 음식이 가득했다. 주방의 크고 작은 접시가 다 나와 있나 보다. 음식의 종류도 양도 어마어마하다. 하얀 밥과 미역국이 스프링처럼 튕겨져 나와 지음의 눈에 선명하게 보인다. 밥과 미역국이 마음속에서 자꾸만 일렁인다.

"네 생일이 며칠 안 남았지? 네 아빠가 내일 모레 지방 출장을 가면 두어 달 있다가 올라올 수 있다는구나. 그래서 내가 이리하자고 했다. 서운해서."

할머니 목소리다. 아무도 대답이 없다. 어떤 말도 보탤 수 없다.

생각해 보니 엄마 돌아가신 그해부터 이 모양이었던 것 같다. 엄마의 부재는, 그날의 그 사고는 누구의 잘못도 아니며, 누구로부터 시작되었는지 그 원인을 찾는 것은 부질없는 일이다. 그걸 알기에 각자 뒤돌아서

남모르게 울기만 했을 것이다. 텅 빈 엄마의 자리를 보면서, 엄마가 없다는 상처를 보면서 이상하게 뒤틀린 시간을 가족이 보낸 것이다. 마음만 쓰릴 일이다. 바닥에 쏟아진 물처럼, 소나기에 흠뻑 젖은 빨랫줄의 옷처럼 피할 수 없는 순간을 오래도록 지나는 중이었다.

갑자기 불이 꺼져 어두워졌고 지선의 노랫소리가 들린다. 생일 축하 노래가 모두의 목소리로 이어진다. 타령 같은 할머니 목소리, 아버지의 수줍은 목소리, 지선의 촉촉한 목소리, 그리고 그 위로 그녀의 목소리가 얹어진다. 그 짧고 간단한 노래가 끝나 가는데 지음은 눈을 뜰 수가 없다. 눈을 뜨면 걷잡을 수 없는 일이 일어날 것이다. 단단히 묶어 두고 감춰 둔 눈물이 무너진 둑을 넘어 강물처럼 밀려올 것이 분명하다. 지음은 그 세 번째는 참지 못했다.

다음 날 지음은 엄마를 찾아갔다. 아무 말도 안 했지만 마음이 편했다. 바람이 몹시 불어 댔지만 춥기는커녕 허튼 생각이 날아가는 기분 좋은 착각이 들었다.

'엄마도 그랬으면 좋겠어. 이제 걱정하지 말고…'

한참을 엄마 등에 기대어 바람을 맞이하고 보내 주었다. 그러는 사이 해가 지려고 했다.

사진과 詩

이관희

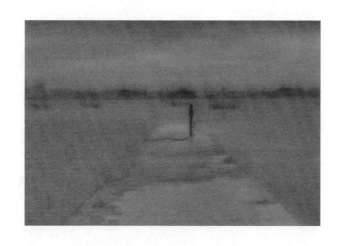

無題

안여룬

누군가 나에게 너의 2023년은 어떤 한 해였냐고 물었고 나는 2023년에 난… 자격증을 땄고 처음으로 아르바이트도 해 보고 수능도 보고 또… 유럽 여행을 두 번이나 갔다 왔다고 대답했다. 그러자 돌아오는 대답은 "네가 무엇을 했느냐와 같은 행동이 아닌 그 행동을 통해 깨달은 것, 생각, 변화된 것들을 생각해 봐"였다. 한 해 동안 어떤 행동을 하였는지도 중요하지만 정말 중요한 건 행동 자체가 아닌 내가 이번 연도에 무엇을 깨달았고, 깨달음을 통해 무엇을 배웠고, 변화되었는가가 더 중요하는 것을 알게 되었다.

2023년에 나에겐 정말 많은 이별들이 다가왔다. 많은 이별의 종류가 있었고 그 크기는 다양했지만 이별이라는 것은 언제나 아팠다. 하지만 이별이 있음에 만남이 있다는 것을 실감한 해이기도 했다. 이별을 하면 그 뒤에는 또 새로운 인연이 날 기다리고 있었고 그 인연들은 다시금 나를 행복하게 만들어 주었다. 때로는 새로운 인연들과도 이별을 마주했지만 그 이별 후에는 또 다른 새로운 인연이 날 기다리고 있었다. 몸이 멀어졌다고 완전히 헤어지는 것이 아니라는 것도 배웠다. 아직은 나에게 이별은 적응할 수 없는 아픔이지만 그래도 조금은 이별을 받아들일 수 있는 내가 되고 있는 것 같다.

나에게 새로운, 다양한 사람들을 만나게 해 준 유럽에게 감사하다. 그리고 유럽에 가 보고 싶다고 하니 당장 가자고 한 엄마한테도 감사하다. 2023년 2월 난 엄마에게 유럽여행 얘기를 꺼냈다. 마침 일을 잠깐 쉬게 된 엄마는 "여행은 언제 또 갈 기회가 생길 수 있을지 모른다. 여행을 통해 배우는 것들은 어떤 것과도 바꿀 수 없으니 당장 돈이 좀 부족해도 시간이 있을 때 갔다 와야 한다"라며 흔쾌히 수락해 주셨다. 같이 알아보고

일주일 뒤에 스위스, 이탈리아 패키지여행을 가게 되었다. 사실 나와 동생까지 3명의 유럽여행 경비를 다 내는 것이 쉽게 결정할 일은 아닐 것인데 흔쾌히 가자고 해 준 엄마가 너무 멋있고 또 감사하다. 결국 엄마가 가게 해 준 첫 유럽여행이 지금의 나를 만든 것 같다.

2023년 2월의 서·남유럽 패키지여행을 계기로 17살의 동생과 18살의 나는 2023년 11월에 2주간 서·동유럽 자유여행을 갔다. 자유여행은 패키지와는 정말 180도 달랐다. 심지어 독일에서는 5년에 한 번 올까 말까 한 폭설을 만나 대중교통이 마비되어 취소된 일정들도 많았고 심리적으

로, 육체적으로 너무 힘들었다. 하지만 그 와중에도 여행에서 만난 사람들은 나를 정말 행복하게 만들어 주었다. 모든 게 처음인 타지에서 나와 원활한 대화가 통하는 사람들과 만나 새로운 곳을 모험하는 것만큼 즐거운 일이 또 있을까? 익숙하지 않은 곳에서 익숙한 것을 발견하면 마음이 편해지는 것처럼 나도 그렇지 않았을까 싶다. 한인민박에서 만난 사람들과 옹기종기 모여 여행을 하는 것은 나에게 너무 기쁜 일이었다. 나와는 다른 경험을 가지고 있는 사람들과 그들의 얘기를 들으며 마음이 통하는 시간들은 참 행복했다. 그렇기 때문에 나와 마음이 맞는 사람들과 함께 지냈던 도시들에 더 애정이 가고 도시가 그리워질 수 있는 것 같다. 비록 일정으로 인해 짧으면 짧게 길면 길게 함께 있었지만 그래도 그들과 함께한 추억들과 기억들은 평생 잊지 못할 것이다.

사람들은 동생과 단둘이 여행을, 그것도 자유여행을, 그것도 타지로, 별다른 지원 없이 간 것이 신기하고 대단하다고 했다. 하지만 가고 싶다는 의지만 있다면 어떤 사람이라도 다 갈 수 있다는 것을 말하고 싶다.

나는 '내 힘으로 유럽을 자유롭게 내가 가고 싶은 나라, 도시를 누비고 싶다'는 생각 하나로만 이 여행을 준비했다. 경비는 알바를 하면서 충당했다. 덕분에 여행을 갔다 온 현 시점은 그지깽깽이지만 후회하지는 않는다. 나의 열여덟은 순탄하지 않았지만 내가 원하는 것을 하면서 나의 행복에 집중해서 산 것 같기도 해서 후련하다.

세상의 것에 빠져, 사람에게 빠져 자꾸만 하나님을 잊고 있는 내가 되고 있는 것 같아 가끔은 자괴감이 들고 하나님께 죄송했다. 하지만 누군가 말하길 하나님께서는 네가 세상을 살아갈 때 너의 이웃들을 사랑하길 원하신다고, 사람에게 사랑에 빠진다고 날 미워하실 분이 아니라고…. 물론 이 말이 맞지만 나도 내가 사람들 때문에 하나님을 잊고 산다는 느낌이 들기 때문에 고민하는 거라는 생각이 든다. 하지만 조금만 더 하나님께 집중한다면 지금처럼 신앙에 대한 고민을 하며 사람들을 사랑하며 사는 것은 나쁘지만은 아닌 것 같다는 생각이 든다.

2023년에도 나에게 좋은 사람들과 좋은 환경과 좋은 기회, 좋은 삶을 살게 해 주시는 하나님께 감사하다. 2024년엔 더욱 더 하나님과 소통하는 내가 될 수 있기를.

『아미골 강아지 오스트랄로피테쿠스 실종사건』을 읽고

중등부 이시호

민수는 어느 날 한 강아지를 만난다. 민수는 이 세상에서 하나밖에 없는 이름을 붙여 주고 싶어 하고, 책에서 언젠가 읽은 오스트랄로피테쿠스라는 이름을 붙여 준다. 오스트랄로피테쿠스는 아미골을 돌아다니며 민수, 용찬이와 놀기도 하고 배추 할미 밭에 가서 배추도 얻어먹으며 잘 지낸다.

그러던 중, 오스트랄로피테쿠스가 더 이상 보이지 않게 되고 민수는 한참을 찾았지만 찾을 수 없었다. 자포자기한 마음에 민수는 힘들게 하루하루를 살아간다.

얼마 후 용찬이가 동물원 사진에서 오스트랄로피테쿠스를 봤다는 말을 듣고 동물원에 간다. 폐장시간까지 기다린 다음 오스트랄로피테쿠스를 데려오려고 했지만 동물원 관계자에게 걸려 실패한다. 민수의 마음을 알았는지 동물원 관계자는 민수에게 회원권을 발급해 주며 언제든 오스트랄로피테쿠스를 볼 수 있게 해 준다.

이 책의 키워드는 '우정'이 아닐까 싶다. 이 책에서는 유독 '우정'이란 표현이 많이 나오는데 오스트랄로피테쿠스, 민수, 그리고 용찬이의 우정이 도드라진다. 또 작가의 말에서는 우정을 소중히 생각하라고 하며 우정은 소중하고 숭고한 것이라는 메시지를 전달하고 싶었던 것 같다.

　나는 그동안 친구라는 걸 그렇게 소중히 생각하진 않았다. 친구 관계는 가족과 다르게 영원히 지속되지 않는다고 생각해서 그랬다. 하지만 이 책을 통해 다시 생각해 보게 되었다. 영원한 우정이 중요한 게 아니라 우정을 나눈 시간이 중요한 것이라는 작가의 말처럼 오스트랄로피테쿠스를 잃어버렸을 때 서로 힘이 되어 주고 함께 찾으며 우정을 나눈 민수와 용찬이처럼 친구 관계를 하나하나 소중히 여기고 잘 대하는 마음가짐을 가지려 노력하게 되었다.

외면

안미영

그해 바다는 내게 아무것도 답하지 않았다.
그게 아니었다고
털어놓은 고백에도 모른 체
통곡하는 눈물에도 눈길조차 주지 않았다.
바다 한가운데 흔들거리는 부표도
밀려 오가는 파도 역시
말 섞고 싶지 않다는 냉정한 파란빛 칼바람으로
되쏘듯 외면했다
끝내 다가오지 않는
너로 인해 섭섭하고 억울한 맘으로
돌아본
그해 바다는
짠 기 찾을 수 없이 싱거웠다.

어디서부터 어긋난 것이었을까

그해 바다는 끝내 모른 체했다.

돌아앉아 1

안미영

하루 종일 찡얼거리는 생각으로 허리가 아픈 나는
밤기운 눅눅한 작은 숲 낡은 나무 의자로
슬그머니 들어가 앉는다

사는 게 전쟁이라는 뻔한 핑계를
방패처럼 앞장세워 살아도 괜찮지 않았어
꿈 따위는 노력하지 않아도 잊혀지고
쏜 화살보다도 빠르게 달리는 세월은
유행가 가사보다 더 절절했어
아주 가끔
나는 비겁에 가까운 구차함으로
식은 밥 꺼내 놓듯
빛바랜 청춘의 시간들을 끄집어내어
조심조심 들여다본다

너는 돌아서고
나는 돌아앉는다

다툰 적도 없는데 해(歲)는 급하게 간다
어쩌려고

섬 1

안미영

바다가 만들어 낸
절벽은
아프게 깎아 세운 수직이다

유배 온
점잖은 선비보다 더 점잖게
생각에 빠진다

천 년보다 더 오래된 소원을 간직한 채
태풍의 눈앞에서도 끄떡 않고
뭍으로 갈 수 없다는
억장이 무너질 것 같은 푸른 소리를
매일같이 듣고 있다가 그 억울함을 일일이 적어 놓아
아프고 지쳐서
깎아지른 절벽으로 항변

등을 세우고 목을 세우고
듣고만 있다.

섬 3

안미영

시골 마을 가로질러 흐르는
제법 넓은 시내에
띄엄띄엄 놓여 있는 징검다리처럼
그런 섬들을 보았다
그럼 바다를 보았다

수평선 따라
사이좋게 빙 둘러앉아
크고 작은 모양으로 앞서거니 뒤서거니
남의 자리 탐내지 않고
제자리 아끼듯 지키고 앉아
무슨 할 말 저리도 많은지

몰아치는 억센 파도 짠바람도 거뜬히 막아 내며
의젓하게 세월을 막는다

그런 섬들을 보았다

속초 등대 전망대

안미영

그럼 그렇지
쉽게 보내 줄 리 없지
비싼 입장료 대신 계단을 올라야 했다
돌아갈까 하다 악이 올라 오르기로 했다
간간 바람이 불어왔지만
햇빛은 호락호락하지 않았다

계단을 오르며 이해하려 했다
떠난 너와 남은 나에 대해

속초시보다 몇 곱으로 넓은 바다는
市보다 훨씬 얌전했다
나 혼자 끝없는 바다를 지키는 동안
관광차 올라온 객들이 왔다가 갔다
무엇을 보았을까

무엇을 보려는 걸까

떠난 나와 남은 너에 대해
전망대 계단을 내려가면서
이해하려 했다

춤추는 원고지를 꿈꾸며 3

편집부

서문을 부탁드리려 나종화 장로님을 만났던 순간이 자꾸 생각납니다. 미국에서 돌아오시기를 기다렸는데 어느 날 친교실 은퇴 장로님들의 모임에 계신 것을 보았습니다. 당시 주방 봉사 중이었으나 앞치마 바람으로 부끄럼도 없이 『춤추는 원고지』 두 권을 들고 벼락같이 찾아뵈었습니다.

아무 말씀 없이 두 권의 책을 훑어보시더니 웃으셨습니다. 우리 교회 책이 맞느냐고, 우리 교인들이, 우리 교회가 이렇게 했냐고 물으셨습니다. 그 순간 까닭 모르게 너무 기뻤습니다. 우리들의 뜻과 마음과 노력을 알아봐 주신 것이 고마웠고 인정해 주신 것 같아 행복했습니다. 물론 당부의 말씀과 앞으로 방향성을 위한 조언도 잊지 않으셨습니다.

먼저 편집부의 안일함과 고민과 노력이 부족했음을 말씀드립니다. 2024년 1월에 나왔어야 할 3호가 준비 부족으로 미뤄졌습니다. 여러 이유가 있겠으나 변명과 핑계일 것입니다.

사명감 혹은 책임감이 현실적 문제 앞에서 맥없이 무너진 것이고, 더 열심히 홍보와 광고를 하지 못했고, 그로 인해 새로운 글쓴이들의 참여가 많지 않았습니다. 이 부분은 앞으로 풀어야 할 숙제입니다.

교회 기관지에서 벗어나 순수 문예지여야 한다는 지향점은 여전합니다. 다만 변화를 수용할 포용력도 겸해야 한다는 명분에는 동의합니다.
『춤추는 원고지』에 애정을 갖고 있는 교회 어른들의 조언이기도 합니다. 해서 차후로 관심을 가지고 방향성을 논의할 예정입니다. 많은 의견을 기다리고 있겠습니다.
또 교회 안과 밖에서 교회 홍보와 복음 전도용으로 바람직하게 쓰임받는 문제도 고민하고자 합니다. 나아가 교회학교 친구들의 글을 많이 지면에 담아냈으면 하는 생각도 하고 있습니다. 세대 간의 교량 역할도 할 수 있다면 참 좋겠습니다.

교회는 땅끝까지 이르러 증인이 되라는 지상명령을 잊지 않고 전해야 합니다. 우리는 끊임없이 예배를 통해 말씀을 배우고 익혀야 합니다. 또 예수의 살아 계심과 하나님의 사랑을 때를 얻든지 못 얻든지 전해야 합니다.
다음 세대에게 가르쳐야 합니다. 배우지도 않고 가르치지도 않고 세상을 향해 나아가지 않는다면 세상 사람과 다름이 없습니다. 여기 있는 것이 좋사오니(마 17:4)의 믿음에 안주하면 안 된다는 것을 알고 있지만 자신도 모르게 죄의 속성에 머물러 있지 않나 매 순간 점검해야 합니다. 교회와 교회 공동체는 빛과 소금의 역할을 다하고 있는지 확인해야 합니다.

누군가는 가난한 이웃과 나그네와 연약한 자를 돌보는 섬김으로 예수 사랑을 전합니다. 누군가는 물품과 재정으로 교회와 열방을 위한 선교에 후원과 지원을 아끼지 않습니다. 누군가는 찬양으로, 기도로, 기술로, 시간을 드려 예수님의 말씀에 순종하는 삶을 삽니다. 모든 예술행위를 포함한 삶 자체가 하나님을 찬양하는 도구가 되어야 합니다.

오병이어의 기적은 그 시작이 처음부터 거창한 것은 아니었습니다. 물고기 두 마리, 떡 다섯 덩이 그것뿐이었습니다. 그 위에 주님이 계시니 오천 명을 먹이고도 열두 바구니를 거두는 엄청난 기적이 되었던 것입니다.

우리 서부제일교회가 물고기 두 마리, 떡 다섯 덩이가 되었으면 하는 꿈을 꿉니다. 주변의 사람들에게 영적인 음식으로 먹이고 살리는 교회가 되었으면 좋겠습니다.

빛과 소금으로 썩어 가며 죽어 가는 서대문구 은평구의 주변과 사람들에게 예수를 전하고 알리는 역할을 하는 우리가 되어 예수님을 기쁘시게 하는 공동체가 되기를 소망합니다.

우리의 기쁨과 감사에서 벗어나 진정 교회가 어찌해야 하는지 고민도 해야 합니다.

교회의 시선이 옮겨져야 하겠습니다.

고만고만한 문제와 일상에서 허우적대는 것이 아니라

교회는 교회의 역할을,

성도는 제자로서의 삶을 되찾아

진짜 교회와 성도가 되었으면 좋겠습니다.

예배를 통해 그리스도인은 숨을 쉽니다. 살아갈 수 있습니다.

말씀을 통해 인격이 다듬어지고 훈련됩니다.

교제를 통해 천국시민의 품성을 배워 나갈 수 있습니다.

개개인의 사람도 바로 세워져야 합니다.

바로 세워지기 위해서는 여러 장치와 제도가 필요할 것입니다. 교육이 선행되어야 하며 그 교육은 다양한 통로로 이루어져야 합니다.

매몰(埋沒)이란 한자가 있습니다. 보이지 않게 파묻히거나 파묻힘이란 뜻입니다. 매너리즘(mannerism)이란 영어단어도 있습니다. 틀에 박힌 태도나 방식이란 뜻입니다.

우리 인생의 연약함 중에 하나는 우리가 누구인지 잊어버린다는 사실입니다. 습관적 예배와 헌신과 감사와 기도의 자리에 아주 많이 앉아 있다는 사실을 부인하기 어렵습니다.

우리는 그리스도인입니다. 우리는 천지의 주인이신 하나님의 자녀입니다. 값없이 새 생명을 얻어 죄인에서 자녀로 부르심을 받았습니다. 값없이 받았으니 값없이 세상을 향해 나아가 예수를 전해야 하는 사명자입니다.

그러난 현실을 들여다보면 '매몰'과 '매너리즘' 한가운데 처박혀 있는 모습을 자주 봅니다. 그래서 교회 예배당 한가운데 세상이 들어와 있습니다. 예수님은 세상 한가운데로 들어가라 말씀하셨는데 말입니다.

일어나면 그만입니다. 그리스도인의 자리에 돌아오면 됩니다. 물론 우리 힘으로 절대 안 되는 것을 알고 있지만 예수님이 계신 곳으로 마음을 돌이키면 됩니다.

　물고기 두 마리와 떡 다섯 덩이.
　『춤추는 원고지』의 목적과 의미가 이와 같기를 소망합니다.
　어떻게 쓰실지, 언제 어느 모양으로 사용하실지 모릅니다.
　다만 교회 공동체의 연합과 교인들의 하나 된 마음과 재능으로 교회의
한쪽을 빛나게 할 수 있었으면 좋겠습니다.
　『춤추는 원고지』를 위해 고민하고 글을 쓰는 사람도 은혜를 받는 시간
이 되기를 소망합니다.
　『춤추는 원고지』를 읽는 독자들에게도 하나님의 은혜를 받는 귀한 시
간이 되기를 소망합니다.

　아주 거창한 꿈을 꿉니다.

춤추는 원고지 3

ⓒ 따로 또 같이, 2025

초판 1쇄 발행 2025년 1월 20일

지은이   따로 또 같이
펴낸이   이기봉
편집   좋은땅 편집팀
펴낸곳   도서출판 좋은땅
주소   서울특별시 마포구 양화로12길 26 지월드빌딩 (서교동 395-7)
전화   02)374-8616~7
팩스   02)374-8614
이메일   gworldbook@naver.com
홈페이지   www.g-world.co.kr

ISBN   979-11-388-3947-1 (03810)